T0294011

Mi vida en el paraíso

Las heridas del viaje se secaron
y pronto, en su lugar, otras manaron
igual de dolorosas,
aunque menos visibles y evidentes.
Por resumir, diré,
con todos mis respetos
y sin lanzar un grito,
que soy como un vecino indeseado,
ciudadano sin voz,
sin argumento
y sin identidad reconocida,
aunque todo esté en mí,
pues soy humano. Esa es mi dignidad,
mi pasaporte,
el motor que me mueve
y me sostiene,
mi suerte... ¡y mi desgracia!

Pablo Pérez Pérez
www.lamercedrefugiados.org

Editorial Bambú es un sello
de Editorial Casals, S. A.

© 2006, M.ª Carmen de la Bandera
© 2006, Editorial Casals, S. A.
editorialbambu.com
bambulector.com

Diseño de la colección: Estudio Miquel Puig
Diseño de la cubierta: Estudio Miquel Puig

Sexta edición: abril de 2022
Cuarta edición en Editorial Bambú
ISBN: 978-84-8343-244-0
Depósito legal: B-31919-2012
Printed in Spain
Impreso en Anzos, S. L.
Fuenlabrada (Madrid)

El papel utilizado para la impresión
de este libro procede de bosques
gestionados de manera sostenible.

MI VIDA
EN EL PARAÍSO

M.ª Carmen de la Bandera

bam bú

EDITORIAL

Al lector

Pensé que el tiempo se tragaría los recuerdos. Creí que la distancia alejaría los fantasmas. Estoy aquí, en el paraíso soñado tantas veces. Tengo comodidades como nunca las había tenido en mi vida. ¿Por qué, entonces, a veces me duele el alma? ¿Será que sigo teniendo África en el corazón?

Diko

1. Los primeros tiempos

Una nube de felicidad me hizo flotar durante los primeros días que viví en Madrid. Seguro que los espíritus de mi abuelo, de mi madre y otros igualmente buenos, que siempre me acompañan, quisieron compensarme los sufrimientos pasados. Comenzaba el mes de abril. Era primavera en Madrid, aunque para mí, acostumbrado a las temperaturas africanas, hacía frío. Sin embargo, todo el mundo celebraba el buen tiempo.

Durante dos semanas viví en casa de Juan y Margarita. Dio la casualidad de que tenían vacaciones, por lo que me dedicaron su tiempo íntegro. Con Juan no tenía problemas porque me conocía bastante, vivió conmigo el abandono de la casa de mi padre, la soledad que sentí cuando murió mi abuelo y los arrebatos de rabia que, a veces, me nublaban la razón. En cuanto a Margarita, al principio su presencia me intimidaba, a pesar de que se esforzaba por mostrarse cariñosa. Poco a poco mis temores fueron desapareciendo, porque es más fácil acostumbrarse a sentir el cariño de los demás que sufrir el vacío y el abandono. Un día se presentó con un gran mapa de Camerún en el que se leía con toda claridad el nombre de Kongle, mi aldea. Era la primera vez que veía ese nombre escrito en un mapa; sentí una gran alegría porque comprobé que era algo más que un nombre grabado en mi memoria. Lo colocó en un sitio destacado del cuarto que ocupaba; este gesto acabó con todos mis recelos hacia ella.

El mundo en el que yo había vivido era tan distinto de lo que tenía ahora, que tuve que hacer un gran esfuerzo para adaptarme y cambiar mis hábitos. Mis pertenencias eran tan escasas que pronto estuvieron acomodadas en el ropero del que sería mi cuarto cada vez que estuviese en aquella casa. La cama estaba cubierta con un edredón de flores de colores fuertes y un tacto tan suave que, cuando nadie me veía, acariciaba encantado. Completaban el mobiliario de mi habitación una mesita con una lámpara azul y una silla con ruedas. El pequeño cuarto de aseo fue para mí solo y pronto me acostumbré a la ducha mañanera, de la que salía limpio y perfumado dispuesto a gozar de lo que me deparase el día.

Dedicamos la primera semana a descubrir parte de Madrid, y digo parte porque Madrid es tan grande, que es imposible conocerlo todo en unos días. Margarita se encargó de renovar mi vestuario: pantalones vaqueros, camisetas y camisas de última moda. Como ya llevaba algún tiempo fuera de la sabana africana, me había acostumbrado a caminar con calzado deportivo, aunque añoraba poder correr con los pies descalzos. Fuimos a remar al lago del Retiro, visitamos el Museo de Cera, caminamos por las calles, no me cansaba de ver escaparates y me asombraban las cosas que se exponían en ellos; me preguntaba si alguna vez podría comprar algo de aquello. En los grandes almacenes me encantaba subir y bajar por las escaleras mecánicas. En una de nuestras visitas a unos grandes almacenes, me detuve en la sección de deportes y pregunté a Juan si podía tocar un balón de fútbol de reglamento. «Es muy caro», me respondió. «Ya lo sé; solo quiero tocarlo y comprobar cómo bota». Mi pasión por el fútbol se despertó, sobre todo, en los días en que fui niño de la calle en Tánger. Con el Manco y su pandilla me colaba en los bares y me quedaba quieto para no molestar y, así, poder ver los partidos que televisaban. Estaba enterado de la composición de los principales equipos españoles, de la marcha de la liga, del dinero que ganaban los jugadores. Al atardecer, en la playa, organizábamos partidos. Todos alababan mi destreza con el balón en cualquier lugar del campo que ocupara; decían que soy rápido en los regates y duro en los lanzamientos. Mientras botaba el balón pensé en mi ídolo: Samuel Eto'o, camerunés como yo, nacido en Nkon, cerca de Douala. Conozco bien los dos sitios; no están muy lejos de mi aldea. Él es jugador de primeros equipos; ha llegado a la gloria. ¿Y yo? ¿Podría llegar tan lejos como él? Ganas no me faltan, pero... ¡también es bonito soñar!

Comíamos en casa, donde me enseñaron a manejar los cubiertos, lo que me resultó muy difícil, ya que siempre había comido con las manos; lo peor fue usar el tenedor y el cuchillo a la vez.

–Mañana tenemos que madrugar. En los días que nos quedan de estar juntos quiero que conozcas algunas de las ciudades que están cerca de Madrid. ¿Qué te parece si vamos a Segovia? –me preguntó Juan.

Tardé en responder, porque en ese momento caí en la cuenta de que quedaban solo cuatro días de sus vacaciones, después de los cuales yo debía ingresar en el centro de acogida La Merced. En todo el tiempo que llevaba con ellos no había querido pensar en la separación para no destruir la nube de dicha que me rodeaba.

–Me parece bien –respondí, sin más.

–Creo que no te hace demasiada ilusión –intervino Margarita.

–Todo lo que estoy viviendo, todo lo que hacéis por mí es maravilloso, pero me da pena que termine.

–Diko, no pongas las cosas difíciles; ya sabes que eso era lo acordado.

–Lo comprendo, pero comprendedme también a mí.

–Ahora no pienses en nada y disfruta del momento. Ya verás cómo todo es mucho más fácil de lo que imaginas.

Tardé en dormirme; aunque los fantasmas, los espíritus de las personas a las que tanto mal hice cuando fui niño de la guerra, quisieron amargarme la noche, pero no lo consiguieron.

Nos encaminamos hasta la estación de Atocha muy temprano. Mientras esperábamos la llegada del tren, di una vuelta por la zona en la que están las plantas tropicales. Entonces recordé mi primer día en Madrid, cuando leí: «Madrid. Puerta de Atocha», y allá que me colé sin saber lo que era ni dónde estaba; recordé la impresión y el miedo que sentí al ver tanta gente caminando apresurada de un lado para otro, tantos trenes entrando y saliendo constantemente, altavoces que decían no sé qué. Los recuerdos se agolpaban en mi memoria cuando Margarita me cogió de la mano: «Vamos, que ya tenemos los billetes», me dijo en tono cariñoso.

El paisaje corría con demasiada rapidez a través de la ventanilla. Juan y Margarita se reían de mi cara de asombro. Ya en la ciudad castellana, visitamos en primer lugar el acueducto. ¡Qué maravilla! Me explicaron el uso que le daban los romanos, cómo lo construyeron y sus siglos de antigüedad. ¡Cuánto sabían los romanos! Después fuimos al alcázar, a la catedral... ¡Eso sí que era un templo y no el de La Misión! Cansados de tanto andar y ver, por fin llegó la hora de comer. Tenía hambre. El restaurante elegido estaba cerca del acueducto. Nunca había comido en un sitio tan lujoso; me sentí algo apurado por si mi comportamiento no estaba a la altura de las circunstancias. Juan había reservado mesa. Un camarero nos acompañó hasta nuestro sitio. Todas las mesas estaban ocupadas. Una vez que estuvimos sentados, me quedé sin palabras. Seguro que mi abuelo se alegraría al ver que me trataban como a un señor. Después de una ensalada, presentaron el cochinillo. El camarero preguntó si lo partía. Ante la respuesta afirmativa de Juan, cogió un plato y con el borde lo golpeó hasta que el animalito asado quedó hecho trozos. Esperé a que los demás comenzaran, porque yo no sabía cómo meterle mano a aquello.

–Venga, hombre, empieza a comer, porque tiene un aspecto estupendo –me animó Margarita.

Sin más, comencé a comer pero, en vista de mi poca destreza con el tenedor y el cuchillo, cogí con la mano el hueso de la pata y no paré de darle mordiscos hasta que estuvo tan limpio que casi relucía. Chuperreteé los huesos de las costillas uno a uno, deleitándome con aquel manjar inesperado.

Juan y Margarita hablaban entre ellos pero yo no les hacía caso; estaba disfrutando a lo grande con aquel banquete.

–¿Qué quieres de postre? –me preguntó Juan.

–No sé, lo que te parezca –respondí, pues no creía que pudiera comer más.

Sí que pude. Tomé un buen plato de arroz con leche.

A la salida del local decidimos dar un paseo, antes de coger el tren de regreso, para digerir un poco la comida de aquel banquetazo.

–¿Qué tal? –me preguntó Margarita.

–Esto es demasiado –la miré mientras pensaba que quizás mi madre habría sido como ella. ¡Qué pena no haberla conocido!

2. La Merced

El día previo a la despedida de mis amigos estuve triste; no salí de la habitación, apenas comí, no tenía ganas de hablar con nadie. ¿Emprender una nueva vida? Estaba cansado, pero no había otra salida. Muy pronto Margarita y Juan harían un nuevo viaje.

Por la tarde coloqué parte de mi ropa en una bolsa que ellos me habían regalado. En la tele había un programa en el que aparecían chicos de mi edad, más o menos, que tenían conflictos con sus padres. Me reía pensando que yo también tuve encontronazos con mi padre. En eso me parecía pero, claro, ellos disfrutan de muchas más cosas que yo. Esa tarde miraba sin ver; absorto en mis pensamientos, nada me agradaba. No cené. En silencio, me dispuse para ir a la cama.

–Buenas noches –dije, sin más.

–Espera, Diko, tenemos que hablar. Siéntate –me dijo Juan muy serio.

–De acuerdo –le dije obedeciendo su orden.

Quedamos los dos frente a frente. Margarita se afanaba en la cocina, pero estoy seguro de que estaba pendiente de nuestra conversación.

–Mira, Diko, comprendo que estés triste porque tienes que marcharte. Durante estos días nos hemos esforzado para que lo pasaras lo mejor posible. Queríamos compensarte, en parte, por todo lo que has sufrido. No creo que tengas ninguna queja.

–En absoluto; nunca podré pagaros lo que estáis haciendo por mí –respondí con los ojos llenos de lágrimas.

–Ya se lo he comentado a Margarita. Quizás no hemos hecho lo correcto.

–¿Por qué? –dije sorprendido–. ¿Es que solo debo sufrir?

–Ni mucho menos. Tienes derecho a pasarlo bien más que cualquier otra persona, pero esta no es la vida que te espera. Quiero hablarte con claridad para que no te sientas engañado: estás en un país extranjero, eres de otra raza y puede que, en algún momento, eso te cree dificultades.

–No soy ningún delincuente.

–Naturalmente que no lo eres. Eres un chico inteligente y maravilloso, te conozco y no tienes que convencerme de nada. Pero hay gente que no lo cree así; afortunadamente son pocas las personas que consideran que el color de tu piel te hace diferente, pero esas personas existen y mi obligación es advertirte para que sufras lo menos posible. «El paraíso», como tú lo llamas, no es tan bueno. Tendrás que prepararte y trabajar mucho para situarte en esta sociedad. No es un camino fácil. Te repito que la vida de estos días ha sido excepcional, tanto para ti como para nosotros. Ahora debemos marcharnos a continuar nuestro trabajo. La verdad es que nos gustaría quedarnos, pero si queremos disfrutar de ciertas comodidades, las tenemos que pagar yendo donde nuestra empresa nos mande, y eso que nosotros somos unos privilegiados, porque nuestra labor nos gusta, mientras que hay mucha gente que no tiene esa suerte. Mañana irás a La Merced; será tu nueva casa. Ya conoces al padre Andrés; no obstante, te acompañaré. Allí te ayudarán en lo que haga falta. Seguramente te matricularás en algún colegio.

−Me da vergüenza, porque apenas sé leer y escribir. Fui al colegio durante muy poco tiempo. Casi todo lo que sé me lo enseñaste tú en Kongle. ¿Recuerdas?

−¡Cómo no voy a acordarme! Por eso sé que eres inteligente. Si me hubieras hecho caso y te hubieras quedado en La Misión, donde yo te dejé, ahora no tendrías este problema.

−Es muy fácil decir eso −dije con rabia−. Tú viniste a España; yo creía que nunca volverías. El maestro era un bamileke insoportable y orgulloso como todos los de su etnia; solo se ocupaba de los que eran como él que, a su vez, se reían de mí porque era un ignorante dowayo, según ellos. Ya me había pasado en la escuela de Poli, donde me enfrenté con unos fulani que no me dejaban en paz. Entonces recordé la promesa que me hizo el señor Ibrahin, el comerciante de oro, para salir de la miseria. Fui en su busca. Lo demás, ya lo sabes.

−No te enfades. Lo que he querido decir es que desaprovechaste una ocasión; no pasa nada, aún eres muy joven y ahora se te presenta otra oportunidad para que te prepares y aprendas un oficio. De esta manera, cuando tengas dieciocho años, que es la mayoría de edad en España, podrás encontrar un trabajo y regularizar tu situación. Tienes una gran ventaja con la que no cuenta la mayoría de los chicos que vienen a España como tú: conoces el idioma, hablas francés y chapurreas inglés. Eso ya es mucho.

–Yo quiero ser futbolista como mi paisano Eto'o.

–¡Vaya, chico, apuntas alto! –dijo Juan, aguantando la risa.

–¿Por qué te ríes? Él era como yo, y mira dónde ha llegado.

–De acuerdo, pero ahora deja tu nube y pisa la tierra. Aprende todo lo que puedas y, más adelante, veremos.

Seguimos bromeando hasta que mi semblante cambió. La charla sirvió para serenarme y, como dijo Juan, para salir de la nube de felicidad en la que estaba y tomar contacto con la realidad. Dormí bien y al día siguiente mis amigos me acompañaron a La Merced.

La Merced la dirigen los Padres Mercedarios. Nos recibió el padre Andrés, el director y amigo de Juan.

–Bien, chico, esta será por ahora tu nueva casa –me dijo tras un saludo cariñoso–. Nosotros formamos una gran familia y espero que te adaptes bien a ella. Te ayudaremos en cuanto podamos, pero tú tendrás que poner de tu parte.

En su despacho nos explicó el funcionamiento del centro. Incluyéndolo a él, en La Merced hay tres religiosos; los demás no lo son, son seglares: seis educadores, dos secretarias y el personal de cocina y limpieza. Hay doce chicos de distintas nacionalidades, menores y sin familia en España. Todos colaboran en la limpieza y el orden del centro. Pueden salir libremente, pero han de respetar los horarios.

–Poco a poco te irás enterando de todo; por eso no te preocupes. Ahora los chicos están en clase; te los presentaré cuando vuelvan y seguro que haces amistad con ellos. Vamos, te enseñaré tu habitación y el resto de la casa.

A la entrada había un pequeño jardín con algunas macetas bien cuidadas. En la planta baja estaban la secretaría, la sala de la televisión, el comedor y la cocina. En la primera planta vimos los dormitorios; había tres, con espacio suficiente para cuatro camas y un ropero. También había un cuarto de estudio con tres ordenadores y los baños. En la segunda planta solo vi el despacho del padre Andrés, los baños y una terraza que daba a la calle.

Terminado el recorrido, durante el cual Juan y Margarita hacían comentarios sobre lo bien que iba a estar allí, dejé mi equipaje en uno de los dormitorios. Nos sentamos nuevamente en la sala de la televisión.

–Creo, Diko –habló nuevamente el padre Andrés–, que, como estamos en abril, ya no encontraremos plaza en ninguno de los centros en los que se aprenden oficios. Sería más conveniente que fueses a un colegio normal para que avanzaras con la lectura, la escritura y algo de cálculo. Te vendría muy bien. Como conoces el idioma, ya tienes mucho trabajo adelantado. Cerca de aquí hay un colegio muy bueno y no tendrán inconveniente en admitirte. ¿Qué te parece?

–Bien –respondí, y fue la primera palabra que pronuncié desde que nos saludamos.

–Aquí lo tienes todo pagado. Guarda esto para algún capricho –me dijo Juan mientras me daba cincuenta euros.

Intenté rechazarlo, ya habían hecho bastante, pero él insistió. Los tres nos despedimos con un fuerte abrazo.

3. Mis compañeros

En la casa el trato era familiar. Incluso llamábamos al propio director simplemente Andrés, sin el tratamiento de «padre». A pesar de eso, las relaciones eran de respeto. Me hicieron una foto que necesitaba para mi carné.

De los once internos que había en el centro, cinco eran marroquíes (dos de Tánger y tres del sur del país), uno de Senegal, uno de Sierra Leona, dos de Malí, uno de Ghana y un paisano de Camerún. Yo compartía el dormitorio con Salif, senegalés, George, de Sierra Leona, y Hassan, marroquí. Los cuatro teníamos dos elementos en común: la africanidad y la desgracia. Los primeros días que estuve en La Merced no quise relacionarme con nadie. No me reconocía. Yo, que casi llegué a ser el líder de la banda del Manco, en Tánger, y que luego supe adaptarme a los de Lavapiés, ahora era el más huraño de la casa. Nadie me preguntaba nada. Solo Andrés me decía de vez en cuando: «¿Qué tal, chavalote?», a lo que yo respondía: «Bien». Esa era toda mi conversación. Bueno, con la excepción de una tarde que salí a dar un paseo con Roberto, uno de los educadores más jóvenes y me invitó a un helado. Por lo demás, pasaba horas y horas tumbado en la cama sin hacer nada. El futuro me producía desazón y los recuerdos, mucho dolor. Fue Salif el primero que trató de sacarme de mi aislamiento:

–Sara te está buscando. Baja a secretaría –me dijo tirándome de un brazo.

–¿Para qué me quiere?

–No sé. Baja y te enterarás.

Bajé. Allí estaba Sara esperando.

–Toma, este es tu carné –me dijo.

–Y esto, ¿para qué sirve? –pregunté sorprendido al ver mi foto pegada a una pequeña cartulina.

–Es un documento que acredita que perteneces a La Merced. Debes llevarlo siempre contigo, porque te servirá si en algún momento tienes un problema. Mañana empezarás a ir al colegio.

–¿Mañana? –pregunté de mala gana.

–Sí, chico. Llevas aquí cuatro días y ya es hora de que hagas algo –me dijo en tono de reproche.

Recibí con alegría el carné, pues nunca había tenido uno. En aquel trozo de cartulina estaba mi foto y aparecían mi nombre y mi edad: Diko Keyta, dieciséis años. Alguien había decidido los años que tenía, pues nunca supe cuándo nací.

–¿Vienes a dar una vuelta? –era Salif el que me invitaba.

–De acuerdo. ¿Dónde vamos?

–A cualquier sitio, tío. ¡Qué más da! Desde que has llegado a la casa no has salido, te has pasado todo el tiempo tumbado. Ya es hora de que conozcas algo.

–¿Crees que no conozco Madrid? Estás equivocado, seguramente mejor que tú.

–Vale, no vamos a discutir por eso. ¿Conoces el parque Eva Perón?

–No.

–Pues es muy bonito y está aquí al lado. Nos reunimos allí de vez en cuando. Algunas veces vienen chicas.

–¿Chicas? –pregunté sorprendido–. Pues, ¿sabes lo que te digo? Que ya tengo ganas de hablar con alguna. Desde que he llegado a España solo me he relacionado con Margarita y Rocío, y las dos podrían ser mi madre.

Salimos. Caminamos hacia el parque. La tarde era agradable, un viento suave y fresco fue disipando los malos augurios.

–Mañana irás al colegio. Allí también hay chicas.

–Hombre, no me amargues la tarde; me había olvidado de eso.

–¡Vaya! ¿Te vas a disgustar porque hay chicas?

–Eres tonto, ¿cómo me va a disgustar eso? Lo que pasa es que tengo miedo de ir a un colegio de blancos.

–No debes preocuparte, porque a ese colegio ya han ido otros compañeros de La Merced y están acostumbrados a ver a gente más negra que tú.

–Más negra que yo, es difícil. ¿De verdad que no han tenido problemas?

–De verdad, no te miento –dijo Salif. Y a continuación cambió de tema–. Oye, Diko, cuando hablemos tú y yo, ¿por qué no lo hacemos en francés? Yo me manejo mejor que en español, porque es mi idioma, y a ti, siendo de Camerún, te pasará lo mismo.

–Pero es que debemos practicar el español para llegar a dominarlo.

–Ya tendremos ocasión cuando estemos con españoles y con los demás compañeros, porque cada uno habla un idioma.

–De acuerdo.

En el parque seguimos nuestra charla, teniendo como fondo los gritos de los niños, las conversaciones de las mamás llevando los carritos de sus bebés y las voces de los abuelos avisando a los nietos de un posible peligro. Los dos teníamos ganas de saber de dónde venía el otro y cómo había llegado hasta allí.

Comenzó hablando Salif: era de Mar Lodj, una aldea de Senegal situada en el delta del río Saloum en la que casi todos son católicos como él. Pertenecía a la tribu de los mandingas, de lo que estaba muy orgulloso.

–¡No me digas! –le interrumpí cuando me dio esa información–. Conozco bien tu aldea. Durante el tiempo que estuve en Senegal viví en Ndangane. Allí estuve al servicio de mi primer patrón, una mala persona que tenía un restaurante a la orilla del delta y un negocio de barcas con las que llevaba turistas hasta Mar Lodj. Yo manejaba las embarcaciones. Este hombre tenía una mujer guapa y buena, Dora, que fue para mí como una madre. Ella me sacó de allí y me dejó en Marruecos. Es una historia curiosa que algún día te contaré.

Chocamos las manos, contentos de tener cosas en común. Después continuó con su historia: tenía dos hermanas mayores y él era el primero de tres varones. La familia malvivía con lo que sacaba de la pesca y vendiendo a los turistas los objetos de artesanía que hacían sus hermanas. Él se escapaba y permanecía varios días en el puerto pesquero de M'bour ayudando a los pescadores a recoger redes, limpiando barcos y robando algún pescado que vendía en Sally, una zona turística. Durante esas ausencias vivía en la calle, donde podía, y se trasladaba de un sitio a otro caminando, si bien a veces tenía suerte y encontraba a alguien que lo llevaba en su coche; así se había convertido en un corredor fuerte y veloz.

–Bueno, bueno –le interrumpí nuevamente–; un día nos mediremos a ver quién corre más.

–De acuerdo, cuando quieras.

Entregaba en casa el dinero que conseguía de aquí y de allá, pero siempre se reservaba algo, porque tenía muy claro que no quería llevar eternamente esa vida de miseria. Sabía que en Europa se vivía mejor; su idea era intentar alcanzar el paraíso. Con esa intención, hizo amistad con el cocinero de un barco pesquero que hacía la ruta hacia distintos puertos. Cuando creyó que tenía suficiente dinero, le dijo a su madre: «No te asustes si no vuelvo. Tendrás noticias mías». La madre comprendió las aspiraciones de su hijo, lo miró y con lágrimas en los ojos le dijo: «Ten cuidado, hijo».

Dio al cocinero todo lo que tenía y este escondió a Salif en un cuartucho donde se almacenaban los alimentos. No cabía de pie, no había luz ni apenas aire. Hacía sus necesidades en una lata que el cocinero sacaba a la vez que le llevaba algo de agua y comida. Tampoco tenía espacio para tenderse; con trabajo se sentaba en la postura de Buda. No sabía si era de noche o de día ni hacia dónde se encaminaban. Cuando estaba al borde de la resistencia, su cómplice le dijo: «Vamos, rápido». Aprovechando que toda la tripulación se atareaba en el atraque del barco, salió corriendo. Le deslumbró la luz. Saltó a tierra y se alejó a toda prisa de su guarida.

Una vez que llegó a este punto de su historia, Salif se quedó pensativo, en silencio, para añadir después:

–Bueno, por hoy ya he dicho bastante. Otro día terminaré de contarte mi peripecia y, si quieres, me cuentas la tuya.

–Eres un chico genial. Presiento que seremos buenos amigos.

Bajamos la cuesta que nos separaba de la casa. Cuando llegamos, casi todo el mundo estaba preparándose para la cena.

4. Cristina

El primer día de colegio me acompañó Roberto. Tenía que tomar el metro en la estación de Manuel Becerra y bajarme en la de Ibiza. En aquella zona estaba el colegio. Tenía miedo, no por el viaje en metro, al que ya me había acostumbrado, sino por la experiencia de verme rodeado solo de blancos. El traqueteo del tren acompañaba mis temores. Recordé entonces uno de los últimos consejos que me dio Juan: «Si alguien te llama negro, llámale tú a él blanco, para que comprenda que el color de la piel no hace que las personas sean buenas o malas».

La marea humana se movía y en cada estación renovaba parte de la carga. Al fondo del vagón vi a una chica negra joven con un bebé en los brazos. Un blanco se levantó para cederle el asiento. Ese gesto me tranquilizó, porque comprendí que hay gente amable en todas las razas.

El colegio no era muy grande. Atravesamos un amplio patio en el que muchos chicos y chicas hablaban animadamente esperando, supuse, a que dieran la orden de entrar a las clases. Me pareció que algunos se fijaban en mí y comentaban algo; esto me puso nervioso. Al otro lado del patio vi a una chica de mi raza que charlaba y parecía coquetear con los chicos que la rodeaban; lo hacía sin ningún complejo. Esta visión me serenó y aflojé los puños que había apretado para controlar los nervios. Dejamos el patio y entramos en una amplia galería con un mostrador en el que Roberto preguntó por el director del centro. Esperamos unos minutos hasta que nos anunciaron que podíamos pasar a su despacho, que estaba junto a lo que debía de ser la secretaría. Nos recibió un señor no muy alto, moreno, con barba, que hablaba con un acento distinto a los de Madrid, más parecido al de Javier y Rocío, aquellos amigos que me ayudaron en Algeciras recién salido de la patera. Luego me comentó Roberto que era de Sevilla. Nos saludó con mucha cordialidad y nos invitó a sentarnos. Me relajé bastante porque me dio la impresión de que ese hombre solucionaría cualquier problema que pudiese surgir.

–De modo que te llamas Diko Keyta –dijo mientras revisaba unos papeles que debían de ser los de mi matrícula en el centro–. Tienes dieciséis años y eres de Camerún.

–Sí –respondí mientras, orgulloso, le enseñaba mi primer carné.

–De acuerdo. Sabes español, y esto facilita mucho las cosas. ¿Has ido antes al colegio?

–Sí, pero muy poco. Sé leer y escribir con dificultad –confesé con un poco de vergüenza.

–No importa; estás aquí para aprender. Te pondremos en la clase de segundo de Secundaria; los chicos son algo más jóvenes que tú, pero no te diferencias mucho de ellos. A pesar de que el curso está muy avanzado, no tengas miedo, pues hay profesores de apoyo que te ayudarán. Todos, empezando por mí, trataremos de que te encuentres a gusto entre nosotros. Luego depende de ti, de tu interés, tu aplicación y tu esfuerzo el que saques provecho. ¡Ah!, me llamo Pablo.

Roberto y yo le dimos las gracias. Me despidió con una palmada en la espalda como si fuera un colega. El educador se marchó, no sin antes asegurarse de que tenía el bono de transporte y de que sabía regresar a La Merced solo. En secretaría me dieron los libros y el material necesario, y un conserje me acompañó a la clase.

–Hola –me saludó una profesora–, me llamo Carmen.

Respondí a su saludo y esperé frente a los que desde ese momento iban a ser mis próximos compañeros.

–Chicos, este es Diko. Tendrá algunas dificultades porque el curso está muy avanzado; por eso espero que le ayudéis y que lo recibáis como a un amigo.

Agradecí tanta amabilidad, aunque tuve la sensación de que entre unos y otros me trataban como a un niño pequeño o un inútil. Ocupé la última fila. Mi compañera de mesa, Cristina, me recibió con una sonrisa. A partir de ahí me dejé llevar por los acontecimientos sin el menor asomo de complejo. Saqué mis cosas y procuré seguir con atención la clase de Lengua que impartía Carmen.

En el recreo no me faltó compañía. Más de la mitad de la clase –éramos veinte– me rodeó. Todos querían saber cosas sobre mí: de dónde era, si tenía padres, dónde vivía, cómo había llegado a España, si me gustaba el país... La avalancha de preguntas terminó aturdiéndome. Entonces Cristina intentó poner orden:

–Chicos, dejadlo en paz; vais a marearlo.

Le agradecí su ayuda y desde ese momento se estableció entre nosotros una corriente de simpatía. De todas las chicas que me rodeaban, ella me pareció la más sensata y, sin duda, la más guapa. No gritaba como las demás, sino que permanecía pendiente de mis respuestas. Era alta; sus ojos eran claros, entre verdes y azules, y destacaban con su negra melena, que movía en cada giro de la cabeza. Me atraía tanto su persona que llegó un momento en el que no oía los gritos, las preguntas ni los comentarios de los demás. El grupo se dispersó cuando sonó una música que indicaba el fin del recreo. Ella permaneció a mi lado.

–¿Tienes el horario? –me preguntó mientras caminábamos por la galería, hacia la clase.

–No.

–Yo te lo daré. Ahora tenemos Ciencias Naturales. El profesor es joven; se llama Francisco y es muy simpático. Ya verás como te cae bien.

Ya en la clase, intentaba prestar atención; me parecía interesante lo que explicaba el profesor. De pronto, cuando todo estaba en silencio, comenzó a sonar una musiquita de teléfono móvil. Los compañeros empezaron a reír y a mirar a un lado y a otro, tratando de descubrir al dueño del artilugio que recibía una llamada tan inoportuna. Francisco dejó la explicación.

–Por favor, ya está bien. El que sea que lo apague. Sabéis que está completamente prohibido tener los teléfonos conectados durante las clases.

Pero la indiscreta musiquita no paraba. Todos empezaron a mirarme. Yo estaba tan tranquilo, hasta que me di cuenta de que era el mío el que sonaba. Hacía tanto tiempo que nadie me llamaba, que había olvidado por completo cómo era la musiquita de llamada de mi propio teléfono.

–Creo que es el tuyo –me indicó Cristina.

–¿El mío? –dije aturdido mientras buscaba en el fondo de la mochila–. Perdón –me excusé y, sin mirar, pulsé la tecla que lo dejó desconectado.

El profesor siguió con la clase, pero no pude atender por la vergüenza que sentía y porque estaba intrigado por aquella llamada inesperada. Lo primero que hice al salir fue comprobar a quién pertenecía. Era de Juan o de Margarita. En plena calle, antes de llegar a la boca de metro, devolví la llamada. Respondió Juan.

–Hola, Diko –respondió–. ¿Qué ha pasado? Te he llamado antes, pero se ha cortado.

–Es que estaba en clase.

–¡Ah! ¿Ya vas al colegio?

–Sí.

–Bueno, Diko, cuelga y yo te llamo; así no gastas tu tarjeta.

Le hice caso. Me dio tanta alegría que alguien se acordara de mí, que no había reparado en el coste de la llamada. Esperé con impaciencia. Pronto sonó el móvil y en plena calle hablé con Juan sin hacer caso al ruido ni al trajín de la gente. Le conté cómo me iba en La Merced, mi primer día de colegio y lo mal que lo había pasado cuando, en plena clase, sonó mi teléfono.

Me llamaba desde Malí. Él y Margarita estaban contentos, pero echaban de menos la casa de Madrid. Margarita me mandaba un abrazo.

Volví a casa satisfecho porque había superado la prueba de ser el único negro entre blancos y también porque alguien se había acordado de mí.

Con el tiempo dejé de ser la novedad de la clase y me convertí en uno más. Aunque ponía todo el interés que podía, en algunas materias me aburría, porque no me enteraba. Menos mal que estaba Rita, una «profe» joven que nos ayudaba con clases de apoyo; las compartía con Mela, una chica rumana que llevaba unos meses en España pero tenía dificultades con el idioma. Yo, en cambio, pronto comencé a leer libros en español, fáciles pero interesantes, que Rita me facilitaba. Estas lecturas me ayudaron tanto para perfeccionar el vocabulario como para comprender las clases. En los ejercicios de cálculo, al principio, Mela y yo estábamos al mismo nivel, pero después jugué con ventaja, porque por las tardes acudía a la casa un voluntario mayor, José, que me ayudaba con los deberes.

–Tú no te preocupes, Diko –me dijo un día José–. A ti no te interesa el título de Secundaria sino que, el curso próximo, puedas ir a un centro para aprender un oficio. Así, cuando seas mayor de edad, podrás ganarte la vida.

–Tienes razón –le respondí– pero, además, yo quiero ser futbolista.

–De acuerdo –dijo con una sonrisa–, pero una cosa no quita la otra.

Entre tanto, mi amistad con Cristina era cada vez más fuerte. Pasábamos los recreos juntos, unas veces solos y otras con Verónica y Marta, que eran sus mejores amigas. Les gustaba que les contase cosas de mi país, de mi vida. Yo siempre lo hacía con reserva, porque mi vida y mi cultura son difíciles de entender desde esta orilla. Sabían que era huérfano de madre y que no me llevaba bien con mi padre ni con mi madrastra. Mentí al decirles que una señora de Senegal me acogió como a un hijo y, como tal, volé con ella hasta Madrid, que ella conocía a los de La Merced y que me dejó aquí. No sé si me creyeron, pero así quedó la cosa.

Cristina pertenecía a una familia acomodada. Sus padres atendían en la calle Fernán González un negocio de artículos para peluquería. Vivían cerca de la tienda. Más de una vez me ofrecí para acompañarla hasta casa, pero ella nunca consentía. «No —me decía—; te vas a retrasar. Yo vivo más cerca que tú». Llegué a obsesionarme con Cristina, tanto que por las noches soñaba que estaba en un lugar que nunca veía con claridad en el que, los dos solos, disfrutábamos de las mejores cosas de la vida. A veces, incluso, confundía mis sueños con la realidad.

5. Asilo

Era tan ignorante que creí que con el carné que tenía en el bolsillo, y que me identificaba como Diko Keyta, era como un ciudadano español cualquiera y que, mientras no cometiese ningún delito, tendría los mismos derechos que uno nacido aquí. ¡Qué desengaño me llevé cuando descubrí que eso no era así!

Una tarde, el padre Andrés me dijo:

–Dentro de diez minutos sube a mi despacho. Tenemos que hablar.

Me extrañó la seriedad con la que me lo dijo; antes de acudir a la cita, repasé mentalmente los últimos días y no recordé haber hecho nada malo: hacía mi cama, fregaba los platos cuando me tocaba, era puntual a la hora de la cena, no había provocado ningún alboroto... ¿Sería una reprimenda? No; debía de ser otra cosa. Intrigado, entré en el despacho.

–Siéntate, vamos a hablar y quiero que seas muy sincero conmigo. Cualquier mentira puede volverse en tu contra.

–De acuerdo, dígame.

–No sé si sabes que tu situación en España no está legalizada.

–Y eso, ¿qué significa?

–Significa que en cualquier momento te pueden llevar a tu país para que vivas con tu padre, porque eres menor de edad.

–Pero yo no quiero irme; no quiero vivir con mi padre. A veces añoro mi tierra, pero no quiero volver. He arriesgado mi vida para llegar hasta aquí; allí no hay nada más que miseria, y ni mi padre ni mi madrastra me quieren.

–Yo lo entiendo, pero las autoridades, no.

–No saldré a la calle para que la policía no me detenga.

–No seas ingenuo; saben que estás aquí.

–Usted me defenderá si vienen a por mí.

–Si llegara el caso, yo no puedo hacer nada, porque ellos son la ley, pero se me ha ocurrido una posible solución; fíjate que te digo posible, porque quizás no funcione.

–¿Cuál? –pregunté conteniendo las lágrimas.

–Quiero que me cuentes toda tu historia hasta que llegaste a España. El hecho de que hayas estado en Liberia como niño de la guerra nos puede servir para pedir asilo.

–¿Y eso qué es?

–Se estudian los casos de los que dicen que han estado en la guerrilla o que han salido del país por causas políticas y, si hay pruebas de lo que afirman, se les da un tratamiento especial de refugiados, con documentos que les permiten residir y viajar con todos los derechos.

Tardé unos minutos en serenarme antes de empezar el relato de mi historia. Tenía que hacer un gran esfuerzo, porque iba a recordar situaciones y hechos dolorosos que había intentado olvidar. El padre Andrés puso en marcha una grabadora. Esto me intimidó, pero tenía que echarle valor.

–En el momento de mi nacimiento, mi madre murió. Crecí con mi abuelo, que trató de darme todo el cariño que no pudo darme mi madre. Mi padre, casado con otra mujer, tenía otros hijos y no se ocupaba de mí. No me maltrataba, pero nunca me quiso. Conocí a Juan, un español de Madrid, antropólogo, que estuvo realizando un trabajo en Kongle, mi aldea. Cuando murió mi abuelo me convertí en su compañero inseparable. Tuvo que regresar a España y, al no querer yo vivir con mi padre, me dejó en una misión de Padres católicos y me aconsejó que le esperase allí hasta que tuviese la mayoría de edad; entonces él trataría de arreglar los papeles para traerme a España. Conocí a un traficante de oro que también reclutaba niños para la guerra en Liberia. Prometió que haría de mí un hombre de provecho porque, según él, tenía cualidades excepcionales. Yo lo creí. Cuando me di cuenta de que me había tendido una trampa, ya era tarde. Formé parte de un ejército de niños, y en él nos drogaban y nos obligaban a matar. Allí murió mi mejor amiga, Macumba, de una forma horrible.

En ese momento tuve que dejar de hablar, porque recordar aquella época me producía un dolor espantoso.

–¡Yo no quería matar! ¡No soy un asesino! ¡Me obligaron a hacerlo! –gritaba, y lloraba sin lágrimas.

–Serénate. Si quieres, lo dejamos por hoy –me dijo Andrés en tono cariñoso.

–No –dije tras unos minutos que necesité para poder recuperar el aliento–. Quiero que empiece a gestionar los papeles lo antes posible.

A continuación, proseguí mi relato:

–Después de la muerte de Macumba, junto con otro amigo decidí abandonar aquel horror. Vendimos los fusiles y guardé algunas joyas, producto del robo, creyendo que me podrían servir para pagar un pasaje hacia España, donde buscaría a Juan. En el puerto pesquero de Monrovia encontré un barco de Senegal. Su patrón me ofreció trabajo y acepté, pensando que me acercaría a mi destino. Allí estuve trabajando como barquero de turistas. Su propia mujer me facilitó el viaje hasta Marruecos: de Rabat a Tánger. Tras muchos sufrimientos, jugándome la vida pude atravesar el estrecho y llegar a las playas de Tarifa. Unas personas maravillosas me ayudaron y me pusieron camino de Madrid. Sufrí mucho hasta que encontré a Juan. Lo demás, ya lo sabe.

Andrés apagó la grabadora; escribía en unos papeles mientras fuera se oían los gritos de mis compañeros que, animados, veían un partido de fútbol en la televisión. Finalmente, el padre Andrés me dijo:

–Muy bien. No pienses más y vete a ver el partido.

No le hice caso, aunque quizás ver el fútbol me habría servido de calmante para mi dolor. En lugar de eso, me marché a la habitación y tumbado en la cama contemplé, una vez más, el techo. Pasados unos minutos reaccioné. Miré la bolsa de mis caudales y vi que aún estaban intactos los cincuenta euros que me había dado Juan. Había cubierto mis pocos gastos con los diez euros que nos daban en la casa cada semana. Decidí llamarle por teléfono:

–Hola, Diko. ¡Qué sorpresa! ¿Qué tal estás?

–Bien, pero preocupado. Tengo un problema.

–Cuéntame –me pidió con mucho interés.

–Me ha dicho el padre Andrés que mi situación en España no es legal y que, a lo mejor, me devuelven a Camerún.

–Ya hablé con él de ese problema.

–¡Pero no me dijiste nada!

–No quería preocuparte. Debes estar tranquilo y hacer lo que él te diga, porque sabe mucho de esos asuntos y pondrá interés en resolver tu caso.

–Me ha dicho que va a probar a pedir asilo.

–Creo que eso sería lo mejor, pero no siempre se consigue.

–¡Te aseguro que si vienen a por mí, me escapo! Haría cualquier cosa antes que dejar que me cojan.

–No digas tonterías. Prepárate y, cuando seas mayor de edad, ya veremos lo que hacemos.

–Ya leo libros en español y me encantan. En cálculo, ya sé dividir. Dice José, el voluntario que me da clases, que soy inteligente –le comenté orgulloso.

–¡Eso ya lo sé! Bueno, vamos a dejar de hablar, que esto te cuesta un dineral. Dentro de unos días te llamaré para ver cómo va todo. Un abrazo, también de Margarita. Tranquilo, Diko, tranquilo.

Sin hacer caso del partido, que seguía alborotando a mis compañeros, salí a la calle. Eran cerca de las nueve. Recorrí las calles de alrededor que estaban menos transitadas. Caminaba con paso rápido, lo habitual en mí, porque aún no me había acostumbrado a andar a ritmo de paseo. «¿Estás huyendo de alguien?», bromeaban mis compañeros cuando caminaba tan deprisa. «Entonces, ¿a qué viene esa prisa?». Yo me reía y no sabía responder. Eran reminiscencias de mis caminatas por la sabana. Al final de la calle Castelar, llamé a Cristina.

–¡Hola, qué sorpresa! –respondió con su simpatía de siempre.

–Estaba dando una vuelta y me he dicho: voy a llamar a Cristina.

–Yo suponía que estarías viendo el partido de fútbol.

–No tenía ganas.

–¡Uf! ¡Qué raro! ¡Con lo que te gusta el fútbol!

–Pero hoy no estoy de humor.

–Estás raro; ¿te pasa algo?

Tardé en responder. Para qué; ella no entendería nada.

–No, solo estoy un poco triste.

–Vaya, hombre. Mira, se me ocurre una cosa: tú sabes que en el colegio, los de tercero y cuarto tienen un equipo y juegan contra los de primero y segundo.

–Sí.

–Mañana vamos a proponerles que te incluyan en alguno de los dos.

–No van a querer.

–¿Por qué? Si, como dices, juegas bien, en cuanto te vean, seguro que aceptan.

–Bien; sería estupendo.

–Entonces, anímate. Hasta mañana.

–Hasta mañana.

Cuando salía a la calle Gómez Ulla me abordó una pareja de policías. ¡Lo que me faltaba!

–Hola, chaval.

–Hola –respondí, mirándoles fijamente con cara de miedo.

–¿Cómo te llamas?

–Diko Keyta –les dije mientras les mostraba mi querido carné.

–De acuerdo –dijeron después de mirarlo con atención–, vives en La Merced.

–Sí, llevo poco tiempo.

–Bien, puedes seguir el paseo, pero no olvides nunca tu carné, porque es lo único que demuestra que estás tutelado.

Continué mi camino. Al llegar a la casa encontré a Salif.

–Tío, te has perdido un partido estupendo.

No le respondí y fui hacia el comedor, donde ya estaba preparada la cena.

6. El Día del Refugiado

En los días de junio, el sol se adueña del espacio y deja a la noche solo el tiempo necesario para que las aves nocturnas puedan salir en busca de sus presas o para que los enamorados hablen de amor a la luz de la luna. Las interminables tardes invitaban a salir. Lo más cómodo, barato y cercano era el parque Eva Perón. Allí nos reuníamos para hablar, bromear y, a veces, hasta para hacer alguna gamberrada sin mayores consecuencias. Los de la casa insistían mucho en que nos comportásemos de forma civilizada, porque a nosotros se nos miraba mucho más que a cualquier chico español de nuestra edad.

Los que siempre andábamos juntos éramos los que compartíamos dormitorio: Salif, George, Hassan y yo. El que más hablaba era Salif; incluso acabó de contarnos su historia:

–Cuando salí del barco y me acostumbré a la luz, lo que más me impresionó fue ver a tantas personas blancas. Nunca había visto una cosa igual.

–Eres tonto –bromeábamos–; eso es porque nunca habías salido de África.

–Luego, me impresionaron mucho los coches, pasando con rapidez unos para un lado y otros para otro, y la gente, andando tan deprisa. Así me quedé un rato, sin saber lo que hacer ni para dónde ir. Había salido de Senegal con treinta y cinco grados de calor y cuando llegué aquí hacía un frío espantoso. Yo con mi camiseta, mucha hambre y ni un euro en el bolsillo. ¡Vaya panorama! De pronto vi a un negro. «¡Menos mal!», me dije, «¡Ya no soy el único!». Me dirigí a él, le conté mi situación y le pedí que me ayudara. Era de Guinea y llevaba varios meses en España. Me compró un bocadillo y una Coca-Cola. Me dijo que estábamos en Valencia, pero que se marchaba a Madrid. Le pedí que me llevara con él, a lo que accedió, aunque al llegar a la capital, me tendría que arreglar yo solo. Tardamos unas cuatro horas en llegar a Madrid. Nada más bajar del autobús me compró un bono de transporte. «Esto es Méndez Álvaro. Ahí está la boca de metro», me informó. Nos metimos en el túnel y me explicó cómo se usaba aquello. Allí nos despedimos, me deseó suerte mientras yo le daba las gracias. Salí a una plaza, que resultó ser la de Manuel Becerra, y aquí, donde estamos ahora mismo, me quedé otra vez desorientado. Lo único que podía hacer era esperar a que apareciera un mago.

–¡Sí, hombre, un mago! –le interrumpí–. Estás tú bueno.

–Pues, aunque te parezca mentira, apareció –dijo Salif.

–¡Venga tío, no nos tomes el pelo! –insistí.

–Que no os tomo el pelo, estoy contando la verdad. Pasó un hombre negro e inmediatamente me di cuenta de que era de la tribu de los mandingas. Los dos nos reconocimos y, antes de hablar, nos abrazamos. Era de Senegal, de la capital, Dakar. Cuando le puse al corriente de mi situación me dijo que no me preocupase, que estábamos cerca de un centro de acogida de menores, La Merced, y que conocía al director porque él, hacía un tiempo, también había sido acogido allí. Pronto llegamos a la casa, nos recibió Andrés y... hasta hoy. No me digáis que esa casualidad no parece cosa de magia.

–Llámalo como quieras; es la suerte –comentó George, que había permanecido en silencio mientras escuchaba.

En ese momento sonó la música de mi móvil. ¡Sorpresa, era Cristina!

–Hola, ¿qué pasa?

–¿Dónde estás?

–Con mis amigos en el parque Eva Perón. ¿Por qué no vienes para acá?

–Estoy con Vero y Marta.

–Pues venid las tres.

Tardó unos instantes en responder; escuché que se lo consultaba a sus amigas.

–De acuerdo; ahora vamos para allá.

Todos esperaban a que les desvelara quién era la autora de la llamada.

–Es Cristina. Dice que viene para acá con sus amigas.

Me gastaban bromas sobre este asunto; y aunque me preocupaba por si se enteraba Cristina y pudiera sentarle mal, en el fondo me gustaban. Pronto llegaron las chicas. Ella destacaba por su cara, su tipo y su simpatía. La verdad es que mis amigos estaban en lo cierto: yo deseaba que nuestra relación fuese más allá de la amistad, pero no me atrevía a proponérselo. ¿Y si huía de mí?

Charlamos del colegio. Cristina había hablado con los alumnos de Secundaria para ayudarme a formar parte de algún equipo, pero ellos le habían dicho que pronto acabaría el curso y que era muy tarde para que entrara. Durante la conversación se me ocurrió una idea:

–Pasado mañana hay una fiesta en La Merced. Se celebra el Día del Refugiado; me han dicho que está muy bien, que hay baile. ¿Queréis venir? –propuse muy convencido.

–A mí me da un poco de vergüenza; no conocemos a nadie –respondió Cristina.

–Nos conocéis a nosotros –dije, tratando de convencerla–. Además, el director y los educadores son muy buena gente.

Hablaron entre ellas y decidieron que sí, que vendrían.

Todos colaboramos para preparar la fiesta bajo la supervisión de Andrés. Ayudamos en la limpieza, y en la cocina con los canapés y las bebidas. Más de uno ya la conocía porque no era el primer año que se celebraba, pero para mí todo era nuevo y cooperé bastante porque vendría Cristina y deseaba que todo saliese a la perfección. Entre Omar, mi paisano de Camerún, Salif y yo elegimos la música para el baile.

–Yo no sé bailar –le confesé a Salif.

–Eso no importa. Los negros llevamos el ritmo en el cuerpo. Ya verás como aprendes pronto –me animó.

Vino mucha gente: voluntarios, profesores de los centros donde los chicos aprendían oficios, algunos antiguos acogidos acompañados por sus novias o por sus mujeres... Era tal la mezcla de razas y de culturas que animaba a pensar que, en verdad, La Merced era una casa abierta al mundo. Observé todo hasta que llegó Cristina con sus amigas: a partir de ese momento no tuve ojos nada más que para ella. Subíamos, bajábamos, comíamos y bebíamos entre risas y bromas. Le presenté a algunos de mis compañeros.

Cuando empezó el baile, muchos de los invitados ya se habían marchado; solo quedaban los más jóvenes. La música sonó un buen rato sin que nadie saliera a bailar. Yo esperaba; seguro que Cristina creía que era un buen bailarín, y no quería defraudarla. Por fin salió una pareja. En ese momento, la mayoría de los chicos invadió la pista. En unos segundos Cristina se puso frente a mí, mientras yo seguía como agarrotado. Salieron a bailar Vero y Marta y las tres se unieron en vista de que yo no me decidía. Sin dejar de moverse, Salif me agarró de un brazo y me lanzó hacia ellas sin piedad. No sé cómo ocurrió, pero el caso es que el ritmo se apoderó de mí y empecé a moverme sin control. Me puse delante de las chicas y los cuatro hicimos corro. Los demás nos rodearon y nos animaban con las palmas. Entre risas, Cristina me lanzaba miradas insinuantes, que me hacían seguir aquella danza imparable. ¡Es increíble cómo la música puede llegar a transformar a las personas! En ese momento, Salif se encargó de cambiar de ritmo y puso una música suave que invitaba a bailar agarrado. ¡Qué vergüenza! No sé cómo pude cambiar de registro: de pronto me encontré agarrando la cintura de Cristina y ella, envolviendo mi cuello con sus brazos. El mundo dejó de existir; fue un momento de gloria que nunca debería haber acabado.

Despedí a las chicas antes de que terminase la fiesta. Tenían que marcharse porque se les estaba haciendo tarde. Después me fui a mi cuarto; tumbado y mirando el techo, oía el jolgorio que los demás prolongaban. ¡A mí qué! Volví a saborear los últimos instantes de la fiesta y pensé que, con momentos como esos, la vida merecía la pena vivirla.

7. Hassan y José

José, un voluntario, nos ayudaba a Hassan y a mí con los estudios. Hassan nunca había ido al colegio y, aunque yo tampoco había estado demasiado tiempo, en lectura y escritura lo aventajaba, aunque en cálculo los dos estábamos al mismo nivel. José decía que, para aprender, no hay nada mejor que el interés que se ponga, y en eso mi amigo estaba por delante de mí. Nos tenía sorprendidos porque en muy poco tiempo comenzó a leer y, aunque lo hacía despacio, buscaba libros para practicar y apenas veía la tele. Aunque con muchas faltas, a veces escribía cosas que nos sorprendían. José decía que tenía alma de poeta.

Hassan iba a un centro donde estaba aprendiendo el oficio de cocinero; con mucho empeño, en un año obtendría el título. Para entonces ya sería mayor de edad, podría trabajar y mandaría dinero a su familia, que era su verdadera obsesión. De pocas palabras, a veces contaba algo de su vida, muy poco a poco. Así supimos algo de su historia: había nacido en Kela Sraghna, una pequeña aldea al sur de Marruecos. Era el mayor de seis hermanos, y trabajaban en el campo llevando una vida de miseria. Cuando cumplió quince años, la familia decidió vender un pequeño terreno para pagar su viaje a España. En Alhucemas contactó con las mafias dedicadas a eso, que le cobraron ochocientos euros –todo su capital– por un hueco en una patera que lo dejaría en algún lugar de la costa española. Embarcó junto con cincuenta *harragas*[1] y durante cuatro días de navegación pasó hambre, sed y, sobre todo, el frío de la noche, ese frío que cala los huesos. Presenció la desesperación de una madre que trataba de proteger a su bebé con su cuerpo, pero todo fue inútil: la criatura no pudo aguantar y murió la última noche. Cerca de Motril, en Granada, la patera fue interceptada por una patrulla de la Guardia Civil. Con los más jóvenes saltó al agua y nadó hasta la extenuación, tratando de resistir el envite de las olas; en esta lucha perdió de vista a sus compañeros. Abandonado a su suerte, se dejó llevar por las corrientes hasta una zona rocosa donde fue zarandeado y golpeado contra las rocas. No pudo evitar que un cuchillo de piedra le rajase la cara. En un supremo esfuerzo, asido a un picacho saliente, alcanzó la costa. Lo descubrió la Guardia Civil derrumbado en la arena. Lo llevaron a un centro de acogida, donde le curaron las heridas y le atendieron durante dos días. Quiso escapar de allí, pero no tuvo suerte y lo descubrieron cuando intentaba huir. Lo devolvieron a Marruecos; la policía marroquí lo recibió con una buena paliza. Sus heridas sanaron, pero le quedó como recuerdo una cicatriz en la cara.

---

1. Nombre que se da en árabe marroquí a las personas que intentan llegar en pateras a las costas españolas.

No estaba en sus planes volver con la familia: decidió que no tendrían noticias de él hasta que hubiera logrado su objetivo: redimirlos de la miseria; era el mayor de los hermanos y estaba obligado a hacerlo. En Tánger pasó a formar parte de la gran familia del parque, compuesta por multitud de chicos que, como él, trataban de alcanzar el paraíso. Durante el día formaban legión alrededor del puerto, observando el ir y venir de los camiones que entraban y salían. Llegó a saber cuáles eran los bajos más seguros y más cómodos puesto que, llegado el caso, tendría que permanecer agarrado a sus ejes durante muchas horas. Había que estar muy atento, porque en el momento más inesperado se podría presentar la ocasión de escapar. Comía lo que conseguía en las basuras o en pequeños robos en mercadillos. Su sitio de descanso era el parque; pasaba horas tendido, mirando al cielo y soñando, y allí empezó a germinar su alma de poeta. Por fin, un día se presentó la oportunidad de cruzar en un camión cargado de fruta. Llegó al puerto de Algeciras y un colega marroquí le pagó el billete para un autobús que lo dejó en Madrid. Los guardias lo llevaron al centro de acogida de Hortaleza y, al cabo de unos días, a La Merced. Y en La Merced estaba, pendiente de cumplir su sueño.

José nos trataba con cariño, pero nunca nos preguntaba por nuestro pasado, aunque nos atendía con mucho interés cuando queríamos contarle algo. Sabía que cada uno de nosotros estaba marcado por la desgracia. Nos animaba y valoraba nuestros esfuerzos por aprender. Insistimos para que nos contase cosas de su familia y de su trabajo: era ingeniero jubilado, tenía mujer, tres hijos y tres nietos. No me hubiera importado tenerlo como abuelo adoptivo, y creo que Hassan sentía lo mismo que yo.

Un día se presentó con una gorra y una camiseta para cada uno. No me pude resistir y le di un abrazo. Habían llegado las vacaciones de verano, por eso las clases con José eran más largas y nos daba tiempo a charlar con tranquilidad. A veces me entraba prisa porque Cristina me solía llamar todas las tardes, cuando calculaba que habían terminado las clases, aunque esa tarde habíamos quedado en que la llamaría yo, y eso para mí era muy importante. En cierta ocasión José notó mi nerviosismo y, cuando me disculpé para ir a llamarla, me ofreció su teléfono. Acepté el favor, porque el saldo de mi tarjeta se agotaba con mucha rapidez. Me separé de José y de Hassan para hablar con libertad:

–Hola, Cristina –le dije–. ¿Dónde nos vemos?

–Como siempre, en el parque. Oye, ¿desde qué teléfono estás llamando?

–Es de José, el señor que nos da clase. Me lo ha ofrecido.

–¡Qué cara tienes!

–¿Por qué? Es muy buena persona. Oye, se me ocurre una idea. ¿Por qué no vamos al Retiro?

–No, mejor voy yo para allá.

–Como quieras.

–Nos vemos a las siete. Tengo que darte una buena noticia. Hasta luego.

–Hasta luego.

Volví con José y Hassan para terminar mis ejercicios de cálculo. Devolví el teléfono dando las gracias.

–José, me han dicho que tengo mucha cara por usar tu teléfono.

–¡No, hombre, qué más da! –se echó a reír sin dar mayor importancia al asunto. Así era él.

Llegué al parque antes de la hora convenida. Estaba impaciente por ver a Cristina y por saber cuál era la buena noticia que me había anunciado. Apareció sola. ¡Estupendo! Yo también había dado esquinazo a mis amigos. Hablamos de lo bien que se estaba en vacaciones, aunque eso suponía para mí estar menos tiempo a su lado. Nunca me atrevía a declararle mis sentimientos y, ella, a pesar de que se hacía la despistada, sé que los adivinaba. De lo que no estaba seguro es de si sentía lo mismo por mí.

–Bueno, cuéntame ya esa buena noticia –dije impaciente.

–He estado hablando con unos chicos de segundo y me han dicho que van a jugar un partido con los de tercero y cuarto, ya sabes la rivalidad que hay entre ellos. Les he propuesto que juegues con ellos y, después de pensarlo y discutirlo entre todos, me han dicho que bueno, que juegues.

–¡Qué raro! ¿Cómo es que han aceptado?

–Porque dicen que los negros sois muy rápidos.

No me gustó demasiado ese comentario, pero no pude resistir la tentación y acepté.

Hacía tiempo que no jugaba, estaba como oxidado, así es que pedí a los chicos de segundo que me dejaran entrenar. Accedieron y varias tardes, anteriores al partido, cogíamos un autobús que llevaba hacia la carretera de Valencia, por donde estaba el campo donde íbamos a jugar. Pronto me encontré en plena forma y dispuesto a demostrar de lo que soy capaz.

El día del partido me acompañaron Salif, Hassan, George, Cristina y sus amigas. Todos tenían la misión de animarme. Durante el primer tiempo estuve en el banquillo. A los veinticinco minutos marcaron un gol los de tercero. Los nuestros reaccionaron, pero Perico, uno de los más destacados, perdió el balón al borde del área después de haberlo robado casi en el centro del campo. El primer tiempo terminó con el resultado de uno a cero, a favor del equipo contrario. «Diko, esta es tu oportunidad», me dijo el entrenador antes de saltar al campo. El juego estaba resultando aburrido hasta que recibí un balón largo en tierra de nadie; el contrario salió tarde y aproveché para chutar desde el vértice derecho del área: ¡gooool! Pensar en que Cristina estaba viéndome desde la grada me dio más fuerza. Me hice con el balón y dirigí un contragolpe con tal contundencia que lo envié fuera del alcance del portero. ¡Gooool! El público gritaba entusiasmado. A partir de ese momento, los de tercero quedaron desconcertados y no hicieron otra cosa que defenderse. Desde el lateral derecho hice un pase a Perico, que remató con el tercer gol. El resultado final fue tres a uno. Los rivales salieron del campo apesadumbrados, mientras nosotros saboreábamos la victoria.

Más tarde cogimos el autobús hasta el Retiro. Nos dio tiempo para tomar unos refrescos. Yo estaba orgulloso, porque todos me felicitaban y porque había dejado constancia de que podía tener futuro como jugador de fútbol. Y lo más importante, Cristina estuvo conmigo más amable y simpática que nunca.

8. George

Hacía calor aquella tarde de finales de junio. Encontré a George más contento y locuaz que nunca.

–¿Qué te pasa, George? –le pregunté, sorprendido por aquella transformación.

–Andrés me ha dicho que han admitido mi petición de asilo. Me aplican el estatuto de refugiado y, por tanto, soy un ciudadano libre. ¿Te das cuenta? ¡Libre! Con los mismos derechos que cualquier europeo. ¿Sabes lo que supone tener papeles, poder trabajar, viajar sin que nadie te persiga como a un delincuente, sin que te lleven de vuelta a tu país? –decía mientras daba saltos de alegría.

Le di un abrazo y la enhorabuena. Entonces caí en la cuenta de que no sabía nada de mi petición. Pregunté a Sara y me dijo que Andrés tenía que hablar conmigo. Sin esperar a que me citara, subí las escaleras hasta llegar a su despacho. Llamé.

–Pasa, Diko –allí estaba, como siempre, rodeado de papeles–. Siéntate, tenemos que hablar.

Tardó unos minutos en ordenar los papeles en los que estaba trabajando. No decía nada. «Mal asunto», pensé. El ordenador estaba encendido y en la pantalla se veía como una lluvia de estrellas. Movió el ratón hasta que apareció un texto. Después escribió algo y acabó cerrando el programa y apagando el aparato.

–Ya me han contado que el otro día en el partido te portaste como un campeón. ¡Enhorabuena!

–Sí, hubo suerte –respondí, satisfecho pero impaciente por entrar en materia.

–Bueno, nos han contestado del Ministerio del Interior sobre tu demanda de asilo.

–¿Y qué?

–Pasado mañana te recibirá el instructor del caso para valorar si te lo conceden o te lo deniegan.

–¿Y qué tengo que hacer?

–No quiero mentirte; este trámite es el más difícil de superar. Te someterán a un largo interrogatorio y valorarán lo que digas, harán indagaciones y, después de sopesarlo todo, te responderán en un sentido o en otro.

–En un sentido o en otro quiere decir que mi situación será legal o que estaré como al principio.

–Exactamente, veo que lo has comprendido.

–¿Por qué a George le han concedido el asilo?

–Las circunstancias de George son distintas a las tuyas –dijo Andrés muy serio.

–Todos los que estamos aquí hemos pasado momentos difíciles. ¿Dónde está la diferencia?

–Sí la hay. ¿No conoces la historia de George?

–No, él habla poco.

–Mira, te la voy a resumir brevemente, pero prométeme que nunca se la recordarás, pues él intenta olvidarlo todo. Si lo hago es para que veas la diferencia que os separa.

–Prometido.

–George vivía en un poblado de Sierra Leona. Tenía que desplazarse unos cuantos kilómetros para asistir a la escuela. Un día, al regresar, vio a lo lejos una humareda; observó hasta que se dio cuenta de que el humo procedía de su aldea. Corrió despavorido y quedó horrorizado al ver que las llamas devoraban las chozas. Envuelto en humo, se acercó hasta su vivienda: en la puerta estaba su padre, muerto con una hoz en la mano, señal de que había querido defender a los suyos. Dentro estaban los cadáveres de sus dos hermanitos y de su madre. No tuvo tiempo de abrazarlos para darles el último adiós, porque las llamas le amenazaban. Saltó por una de las ventanas y huyó desorientado, completamente aterrado. Al dolor de la pérdida de su familia se unía el hecho de pensar que los espíritus de sus seres más queridos vagarían sin descanso por toda la eternidad; él así lo creía. Alguien le contó que la guerrilla era la autora de la masacre. Anduvo de un sitio a otro, extraviado, sin saber dónde estaba, subsistiendo de la caridad de la buena gente que encontraba. En un pueblo le aconsejaron que intentase llegar a Europa y le indicaron la dirección que debía seguir. Caminando hacia el norte se adentró en el desierto. Después de varios días de vagar por las arenas, extenuado y sediento, cayó exhausto, dispuesto a dejarse morir. En esas circunstancias lo recogieron unos camelleros que se dirigían hacia Marruecos. Lo llevaron hasta Rabat y allí hablaron con un amigo camionero que transportaba mercancías hasta España. Le explicaron las terribles circunstancias del muchacho y el transportista se compadeció y le explicó cómo podía esconderse en los bajos de su vehículo. Así llegó hasta Cádiz y de allí, a Madrid. Como ves, George está solo en el mundo, no tiene familia y su país está en guerra. Tú, en cambio, tienes a tu padre y Camerún está en paz. ¿Entiendes ahora?

–Claro que lo entiendo: en Camerún no hay guerra, pero hay miseria, no tengo madre y mi padre no me quiere, me he jugado la vida hasta llegar aquí, he sido niño de la guerra... ¡Y tantas cosas más! ¡No es justo que no me acepten en este país!

–Tienes razón, pero no te desanimes, porque es posible que tras la entrevista te concedan el asilo.

–Entonces, ¿qué tengo que hacer?

–Debes contarle al instructor todo lo que me dijiste a mí, sin mentir. Insiste en decirle que fuiste niño de la guerra y háblale de la incompatibilidad con tu padre y tu madrastra. Roberto te acompañará hasta el Ministerio. Ahora tranquilízate, porque los nervios no son buenos para estas cosas.

El día señalado, Roberto me acompañó hasta la calle Pradillo, donde se encuentran las oficinas que se ocupan de los asuntos de inmigración. Insistió para que me fijase en el camino, porque tendría que hacer yo solo el de vuelta. Nos identificamos ante los guardias de la entrada, esperamos unos diez minutos y entonces llegó un señor con el que fuimos hasta un despacho. En ese momento Roberto se despidió y yo quedé solo ante el peligro. El recinto tenía las paredes como de cristal. El señor ocupó un sillón ante su mesa y yo me senté al otro lado de esta.

–Bien, Diko, en estos papeles tengo escrita tu historia, pero quiero que me la cuentes tú –me dijo en tono amable.

Comencé a hablar con tranquilidad, como me habían aconsejado que hiciera, desde mi nacimiento y la muerte de mi madre. A medida que avanzaba en el relato, fui apenándome más y más, por el esfuerzo que suponía para mí volver a remover los recuerdos. De vez en cuando mi interrogador me interrumpía para hacerme preguntas que yo contestaba con sinceridad. Hicimos una pausa y me ofreció una Coca-Cola porque el interrogatorio era agotador. Cuando me despidió, habían pasado más de tres horas.

9. No pudo ser

Comenzaba agosto. Había pasado poco más de un mes desde mi solicitud de asilo y nada se sabía. Me temía que la falta de noticias era un mal presagio. En la casa había cierto revuelo porque al día siguiente salíamos hacia el norte para hacer parte del Camino de Santiago. Mi paisano Omar, que ya era un veterano, me informó en qué consistía. En cierto modo me hacía ilusión, porque conocer cosas nuevas calmaba mi espíritu aventurero pero, por otra parte, ante la incertidumbre de mi futuro, no tenía demasiados ánimos; no obstante, colaboré como los demás en los preparativos.

Salimos muy temprano. En el autobús había chicos de otros centros. A nosotros nos acompañaba Carlos, uno de los educadores religiosos. Durante el camino hubo una discusión apasionada sobre fútbol; como era habitual, los del Barça y los del Madrid enfrentados. Yo, desde luego, estaba con los primeros, en el que había jugado mi ídolo y paisano Eto'o. Omar opinaba lo mismo que yo. Los del Madrid decían que era un bruto porque, jugando contra el Getafe, lanzó el balón a la grada de rabia porque había oído comentarios racistas. Nosotros defendíamos que eso no había sido así; hasta el propio club había recurrido al comité de competición para demostrar que la tarjeta amarilla estuvo injustificada porque Eto'o lo hizo para que se pudiera atender a un rival que se había lesionado. Así, entre discusiones y bromas, el viaje se nos hizo corto.

Por fin llegamos a Sarria, inicio de nuestro camino, que terminaría en Santiago. Después de descansar y comer unos bocadillos, continuamos a pie. Quedé fascinado por la hermosura del paisaje: pequeños pueblos, casitas incrustadas entre los bosques verdes, tupidos y frescos. Mi primera impresión fue de libertad y alborozo por estar ante un paisaje tan distinto del urbano. Recordé el viaje en el que acompañé a Juan hacia Bertoua, al sur de Camerún. Los valles esmeraldas estaban llenos de plantas que, movidas por el viento, parecían las olas del mar. Entonces soñaba con traspasar las colinas que me separaban del paraíso. También me acordé de mi aldea, de los paseos al amanecer con una espiga de mijo en la mano, cogida del borde del camino, y del sabor de la leche recién ordeñada que tenía preparada el abuelo. ¡Con cuánto amor lo hacía todo el viejo! Nadie me quiso tanto como él. Reviví las fiestas de mi aldea, en las que danzaba hasta la extenuación al ritmo del tamtan, sus ritos, sus gentes, las jóvenes acarreando agua... Esbocé una sonrisa ante el recuerdo de Gochilé, mi primer amor; ella no me hacía caso, se reía de un mocoso como yo, seguro que ya tendría marido. Me inundó la melancolía y la añoranza. ¿Por qué, entonces, el pensamiento de volver me causaba tanto temor? Antes de encontrar la respuesta, sentí el brazo de Hassan en los hombros. Era buen amigo, sabía mi situación, me vio taciturno, y con la sensibilidad que le caracterizaba intuyó la causa de mis preocupaciones.

–Venga, hombre –me animó–. Ahora estamos de vacaciones. Ya verás como todo se resuelve y no te devuelven a tu país. Yo también he pasado por eso; menos mal que pronto seré mayor de edad y, con un contrato de trabajo, todo será distinto. Todavía tienes la esperanza de que te concedan el asilo.

Le hice caso y me propuse no amargarme durante los días que durase el viaje. Las caminatas eran agotadoras; pasábamos por pueblos pintorescos y hablábamos con la gente, a la que hacía gracia ver un grupo tan singular. Dormíamos en albergues. El último día quise gastar una broma a Salif: cacé una lagartija cuando todos dormían y se la puse en la pierna. Las cosquillitas que el animal le hizo con las patas lo despertaron y, cuando vio al pobre bicho más asustado que él, comenzó a dar saltos gritando: «¿Quién ha traído esto aquí?». Los demás se despertaron, alguno protestó por el escándalo y yo mismo me delaté, pues no podía contener la risa. Me tiró la almohada, ya que no tenía otro objeto más contundente, y me repetía enfurecido: «¡Mañana te vas a enterar!». Ahí se quedó todo; a la mañana siguiente seguíamos siendo amigos.

La panorámica de Santiago era impresionante. Entre todos los monumentos, destacaba la catedral. Nunca había visto una iglesia tan bonita, ni siquiera la catedral de Segovia. Carlos nos explicó el significado de cada cosa y, mientras los católicos se fueron a rezar, los del islam dieron una vuelta. Yo estaba entre unos y otros, porque aún seguía las pautas que me había dado mi abuelo: no hacer daño a nadie y no enfadar a los espíritus. Por eso, aunque no rezaba, me quedé contemplando las maravillas de tan magnífica obra arquitectónica.

La misma tarde que regresé a Madrid llamé a Cristina; estaba ansioso por verla y por contarle el viaje. No me respondió. Insistí al cabo de una hora, le envié un mensaje, pero nada. «Se habrá dejado el teléfono en casa», pensé. Al día siguiente esperé para llamarla hasta las diez. Seleccioné el número y pulsé la tecla de llamada. Comenzó a sonar, no estaba desconectado. Temiéndome lo peor, pensando que había decidido terminar con nuestra amistad, pedí a Hassan el suyo para que así no identificase la llamada, pues ella no tenía este teléfono registrado en su agenda. Al segundo timbrazo, respondió:

–Dígame.

–Hola, soy Diko.

–Hola, Diko. ¡Qué sorpresa! Te hacía aún de viaje. ¿Qué tal te ha ido?

–Bien, ya te contaré. ¿Cuándo nos vemos?

–No sé, tengo que salir de compras con mi madre. Ya te llamaré.

De sobra sabía yo que las compras eran una excusa y que no quería verme. Me quedé muy desilusionado, pero no pensaba dejarla hasta que me explicase ese cambio de actitud.

Al día siguiente, después de muchas llamadas y muchos mensajes, quedamos en el parque. Acudió sola, igual que yo. Estaba seria; sin necesidad de preguntarle nada, me habló sin rodeos:

–Mira, Diko, no quiero hacerte daño, pero lo nuestro no puede seguir.

–Pero ¿qué es lo nuestro? –le dije, fingiendo sorpresa.

–Nuestra amistad.

–¿Qué tiene de malo? ¿He dicho o he hecho algo que te haya ofendido?

–No, eres un chico maravilloso y me lo paso muy bien contigo.

–¿Entonces?

–No quiero que creas que soy racista; nunca lo he sido y menos después de conocerte a ti. Pero tenemos culturas diferentes, nuestras costumbres son distintas... –no sabía cómo continuar.

–Somos de razas diferentes, dilo sin miedo –la interrumpí–. Ahí está la clave: que un negro no está bien considerado en un mundo de blancos –terminé la frase con amargura y ella lo notó.

–Hombre, no te pongas así. Desde el momento en que te conocí estuve dispuesta a afrontar las consecuencias de nuestra amistad. No me importaba ni me importa el color de tu piel, pero las cosas se han complicado; mi hermano se lo ha contado a mis padres y mi madre me ha hecho ver que seguir adelante es una locura. Yo soy muy joven; solo tengo quince años, no estoy preparada para adaptarme a tu forma de vida, a tu nivel, a la gente que, a veces, es cruel... En fin, son muchas cosas y, de verdad, me da miedo. Cuando llegue septiembre irás a otro colegio, encontrarás a otra chica y te olvidarás de mí.

–De acuerdo, no te esfuerces, no sigas, las cosas están claras. Adiós y que seas muy feliz.

–No te marches así –trató de retenerme–; al menos, dame un beso de despedida.

No le hice caso, estaba herido. Continué mi marcha y así quedamos: ella con sus posibles remordimientos y yo, con mi dolor.

En La Merced me aguardaba otra mala noticia: mi solicitud de asilo había sido denegada. Andrés me llamó a su despacho, me invitó a sentarme y noté que no sabía cómo decírmelo; no quería hacerme daño. Fui yo el que, resueltamente, le dije: «No te preocupes; lo esperaba. Hoy tengo un mal día».

10. El verano

Desde que había llegado a España, cada día, cada semana, cada mes había sido una novedad para mí: la casa de Juan, La Merced, los compañeros, el colegio, Cristina, sus amigas... Las cosas habían sucedido con tanta rapidez, que no había tenido tiempo de aburrirme; quizás por eso, desde que regresamos de Galicia, los días de verano se me estaban haciendo interminables.

La casa se quedaba pequeña para soportar a doce chavales en el vigor de la adolescencia. Eran frecuentes las discusiones, y en más de una ocasión tuvieron que intervenir los educadores. Los que estaban aprendiendo un oficio –como Cheve, de Malí, que se preparaba para fontanero; Salif, para carpintero; y Hassan, futuro cocinero– aplicaban sus conocimientos haciendo chapuzas en la casa y por ellas recibían algún dinero. Yo, en cambio, pasaba horas delante de la téle. Como se había terminado la liga, el fútbol era escaso y comencé a interesarme por las noticias de los telediarios.

Leía algunos de los libros que me había prestado José, que también estaba de vacaciones. Deambulaba por las calles hasta que el calor resultaba insoportable.

Menos mal que Andrés estaba pendiente de las circunstancias de cada uno y sabía que yo no estaba en mi mejor momento (quizás supiera algo de mi ruptura con Cristina). Fue él quien me propuso la forma de conseguir algunos euros con los que podría comprar un bono para ir a la piscina de verano, que estaba muy cerca de allí: se trataba de ayudar en una farmacia del barrio a colocar y clasificar medicamentos, limpiar estanterías y echar una mano en lo que fuera necesario. Acepté encantado. En pocos días pude pagar un bono de veinte baños; eso vino a aliviar mi tedio. Madrugaba y, en cuanto abrían la farmacia, empezaba el trabajo hasta la hora de la comida. Dejaba los baños para la tarde; siempre iba con algún compañero que había tenido ocasión de ahorrar. Nunca me había bañado en una piscina, nunca había olido el cloro del agua, nunca había saltado desde un trampolín... Desde mis días en las playas de Tánger no había vuelto a nadar por el mero placer del baño. Recordé al Melenas, mi maestro de natación, al que pronto superé en velocidad. En la piscina saltábamos, nos gastábamos bromas... Intenté superar a Salif, que era el más rápido nadando, pero no pude. Se notaba que había practicado bastante en Senegal, en su aldea, Mar Lodj, en aquel delta maravilloso que yo conocía tan bien. Cuando regresábamos, el sol ya no calentaba tanto y permitía el paseo: unas veces íbamos al parque y otras, al Retiro.

Poco a poco el recuerdo de Cristina se fue diluyendo; más que la pena, me quedaba algo de orgullo herido. En los días de verano solo hubo un incidente que me causó humillación y por el que estuve a punto de perder el control. Fue una tarde. Me quedé rezagado en el andén del metro; mis compañeros iban delante. Entonces observé que dos señoras me miraban con insistencia y oí que una le decía a la otra: «Mira, un mono». Irritado, me coloqué delante de ellas y dije a la que había hablado, conteniendo la rabia: «Señora, ¿ha visto usted alguna vez un mono en el metro?». Ellas quisieron acelerar el paso temiendo alguna reacción violenta por mi parte; intenté cerrarles la salida, pero mis compañeros se dieron cuenta de la situación y acudieron en mi ayuda. Hassan me cogió de un brazo para separarme de ellas. Me preguntó qué había pasado y yo se lo expliqué mientras subíamos las escaleras. Entonces me dijo: «No le des importancia; evita las broncas. A estas cosas te tienes que acostumbrar».

Con el verano llegó también un cambio de panorama: nos marchamos a un campamento en Lekeitio, en el País Vasco.

El campamento estaba en un bosque de castaños, abedules y otras especies de árboles que yo desconocía. Pronto me vinieron a la memoria los bosques de baobabs de mi tierra, con el pan de mono[2] pendiendo de sus ramas y sus troncos rugosos imitando caras de monstruos. Cerca había un riachuelo y huertas con árboles frutales. Los responsables de nuestro grupo eran dos educadores, Carlos y Martín. Fue una experiencia estupenda, porque compartí tienda de campaña con George, Hassan y Salif. Me ilusionaba el hecho de vivir unos días en plena naturaleza; el paisaje, por lo verde y boscoso, era parecido al de Galicia.

2. El pan de mono o *bouy* es el fruto del baobab. Tiene un gusto agridulce y se utiliza para elaborar una bebida, el zumo de *bouy*.

Una de nuestras primeras visitas fue al puerto pesquero. Desde mi llegada a España en la patera no había vuelto a ver el mar, pero cuando lo tuve delante me derrumbé, pues me acordé de aquella noche: el monótono sonido del motor de la embarcación, olas que jugaban y disparaban a bultos humanos que gritaban, mujeres que se hundían... ¿Por qué en los momentos más felices de mi vida me dolía el alma? No tenía remedio; debía acostumbrarme a estos bruscos cambios de humor; seguía siendo un dowayo, un ser insignificante que quería ser feliz. El contacto con la naturaleza me devolvió el sosiego. El campamento se llenó de energía y del ímpetu de cada uno de nosotros; éramos jóvenes con ganas de vivir.

Por las mañanas había talleres de electricidad, fontanería, pintura y otras especialidades destinadas a que los chicos que ya se habían iniciado en estos oficios no perdieran sus habilidades. Yo seguía sin saber qué opción elegiría cuando empezara el curso; no obstante, sentía inclinación por el trabajo relacionado con las plantas. Dio la casualidad de que cerca del campamento había un huerto que pertenecía a Gorka, un señor mayor cariñoso y amable con el que pronto hice amistad. Me contó que sus hijos se habían marchado a Bilbao a trabajar en la industria porque no querían dedicarse al campo; a él le gustaba la faena, pero los años le pesaban y no podía con tanto trabajo. Los dos nos beneficiamos: él con mi ayuda y yo con su compañía. Me gustaba tanto trabajar en su huerto y ponía tanto afán en todas las labores que, de vez en cuando, el buen hombre me daba una propina que yo me resistía a recibir, pero que finalmente aceptaba, pues me venía muy bien para mis gastos.

Por las tardes veíamos películas, hacíamos algunas manualidades y practicábamos diversos deportes; yo, como es lógico, elegí el fútbol. Los del campamento y los chicos del pueblo formamos equipos; en seguida destaqué y todos querían que jugase con ellos. Esto me llenó de vanidad. Las noches eran deliciosas: paseábamos por el pueblo y nos relacionábamos con la gente. Algunos tenían dificultad con el idioma y eso les cohibía, pero no era mi caso: Salif conoció a una chica y se separó un poco de nosotros. Teníamos tertulias muy animadas en las que hablábamos de todo; regresábamos al campamento bien entrada la noche.

A pesar de que al final del día acabábamos muy cansados, aún nos quedaban energías para gastar bromas dentro de la tienda. Un día Salif me hizo prometer que no llevaría lagartijas. No tuve inconveniente en hacer la promesa, pero su advertencia me dio una idea: no llevaría ninguna lagartija, pero de otros animalitos no había dicho nada. Durante varios días estuve buscando por el campo hasta que un ratoncillo se atravesó en mi camino. Lo atrapé y lo guardé en una caja hasta que llegó la noche. Entonces esperé a que Salif se durmiera. Estaba boca abajo y sin camiseta. ¡Fenomenal! ¡La postura perfecta! Desde la cintura, el asustado animal trepó hasta su cogote. Mi amigo dio un grito y se incorporó mientras veía al bicho huir por debajo de la lona. Me tiró la almohada y despertó con sus gritos a medio campamento: «¡No tienes palabra! ¡Me prometiste que no repetirías la faena! ¡Tú y tu manía de cazar bichos! ¡Te prometo que de esta te acordarás!». Entonces le grité: «¡Yo te prometí que no traería lagartijas y he cumplido mi promesa!». En ese momento llegó el vigilante y la bronca terminó. Al día siguiente, como castigo por el escándalo, tuvimos que limpiar los aseos entre los dos. Salif estaba muy enfadado conmigo: «Por tu culpa, mira lo que has conseguido». Yo le dije: «No te quejes; tú me diste la idea». Esto le puso más furioso todavía; estuvo varios días sin mirarme, pero, al final, volvimos a ser amigos.

Fueron quince días inolvidables.

De regreso a Madrid, los que tenían familiares les contaron la experiencia en Lekeitio. Sentí envidia de los que hablaban con su madre. Desde que acabó mi relación con Cristina, ni llamaba ni me llamaban por teléfono. ¿Habría alguien en el mundo que me quisiera? No me podía quejar, porque en los peores momentos siempre había encontrado gente buena que me había ayudado; ahora tenía una vida cómoda, con la única inquietud de mi situación legal, pero dentro de mí había un hueco, un vacío insondable que solo el amor podía llenar.

Como siempre, algo vino a calmar mi tensión: una llamada de Juan y Margarita, que habían regresado a Madrid. Tenían ganas de verme; vendrían por mí para pasar un rato juntos antes del comienzo de las clases. La empresa para la que trabajaban los dejaba en Madrid, así es que no tendrían que viajar tanto; tenían cosas que contarme.

Me consoló comprobar que alguien se acordaba de este pobre dowayo. Estaba menos solo de lo que creía.

11. Se lo llevaron

UFIL quiere decir Unidad de Formación e Inserción Laboral. Se trata de un organismo que cuenta con varios centros en Madrid; en ellos se prepara a chicos, tanto españoles como inmigrantes que no han seguido el régimen normal de educación, a aprender un oficio. Sara, la secretaria, me informó sobre las opciones entre las que se podía elegir en los distintos centros y dónde podía encontrar plaza. Tenía que decidirme porque faltaban pocos días para el comienzo del curso y había que hacer la matrícula; de esto se encargarían ella o Juana, la otra secretaria de La Merced. Antes de tomar una decisión hablé con mis amigos a ver si me orientaban, porque yo estaba bastante confuso. Aparte del fútbol, lo que me gustaba era algo que tuviera relación con la naturaleza; por eso seguí el ejemplo de Hassan: él estudiaba para ser cocinero en Puerta Bonita; al parecer, ese centro funcionaba muy bien. Como a mí no me gustaba eso de los fogones, elegí jardinería. Hassan estaba impaciente por terminar; para entonces ya sería mayor de edad y seguro que encontraría trabajo como cocinero. Estaba muy cerca de cumplir su sueño de ayudar a su familia, tener los papeles en regla y viajar a su país con un billete de ida y vuelta.

Por otra parte, seguimos yendo a la piscina hasta que se nos terminó el bono; luego dejamos de ir porque los diez euros que Andrés nos entregaba cada semana no daban para muchos lujos. Salif estuvo unos días tristón porque se acordaba de la chica que había conocido en Lekeitio, pero pronto se repuso y volvió a ser el de siempre. Él fue el que propuso ir a la discoteca los viernes y los sábados, que nos dejaban llegar a la una de la madrugada. En la que estaba más cerca permitían la entrada a menores y costaba seis euros.

Hassan era alto, moreno, de pelo abundante y rizado; sus ojos eran negros y profundos y, con su alma de poeta, tenía mucho éxito con las chicas. George nos acompañó una vez, pero no le gustó demasiado aquel ambiente y no repitió. Yo, por mi parte, el primer día de discoteca me dediqué a observar pero, naturalmente, aquello resultaba aburrido, por eso, después de varias semanas de entrenamiento, olvidé mi vergüenza y acabé dominando todos los ritmos. En una ocasión, se puso frente a mí una chica morena; su piel no era tan oscura como la mía y llevaba el pelo recogido en finas trenzas que movía al ritmo de la música con tal gracia que, desde ese momento, solo tuve ojos para ella. Estuvimos un rato mirándonos y sonriendo. En un descanso de la música salió de la pista, se unió a un grupo de chicas que debían de ser sus amigas y me dejó con la miel en los labios. Al tercer día de discoteca volví a encontrarme con ella y decidí hablarle:

–Hola –le dije cuando abandonó la pista y antes de que se acercara a sus amigas–. ¿Cómo te llamas?

–Altagracia. ¿Y tú?

–Diko.

–¿De dónde eres?

–De Camerún.

–Yo soy de la República Dominicana.

–Ya veo que te gusta bailar –me arrepentí al instante de haber dicho semejante bobada, pero no sabía de qué hablar ni cómo comportarme.

–Sí, las dominicanas tenemos mucho ritmo.

–¿Vienes mucho por aquí? –otra tontería: si nos encontrábamos allí, es porque iba.

–Sí; siempre que me dejan.

Entonces se acercó Salif y me sacó de aquella situación que parecía un interrogatorio de la policía.

–Es la hora; tenemos que irnos.

Como pude, me despedí de ella.

Juan y Margarita vinieron a verme como habían prometido. Me dio tanta alegría encontrarme con ellos que, al verlos, casi se me saltaron las lágrimas. La primera noticia que me dieron fue la que esperaba: para el invierno serían padres. Margarita estaba embarazada; por eso la empresa les había permitido trabajar en Madrid. Por otra parte, me contaron lo difícil y lo dura que había sido su experiencia en Malí, que la situación estaba muy mal, que no había futuro para nadie. Yo les comenté que no sabía por qué me habían denegado el asilo. Juan conocía la razón: habían dado con mi padre, que había manifestado que no tenía inconveniente en recibirme en su casa. Pero lo que no les dijo era que no me quería; prueba de ello es que no se había preocupado de saber de mí en todo el tiempo que llevaba en España. Les dije que tenía miedo de que viniesen a por mí, pero ellos trataron de tranquilizarme, aunque insistieron en que evitara cualquier problema con la policía. Quedaron en que, antes de que terminaran sus vacaciones, me invitarían a comer en un buen restaurante. Recordamos el de Segovia y nos reímos por las dificultades que entonces tuve con los cubiertos; ya me había acostumbrado y los manejaba con destreza.

El reloj marcaba las cuatro de la madrugada; era una madrugada como cualquier otra, pero yo la tengo clavada en mi alma y en mi corazón. Después de un día intenso, agotados, los cuatro amigos dormíamos plácidamente. De pronto, se encendió la luz. Durante unos segundos, o quizás fueron minutos, escuché adormilado: «Es ese». Me incorporé y miré el reloj: eran las cuatro en punto. Andrés acompañaba a dos policías, un hombre y una mujer. El hombre se acercó a la cama de Hassan, que permanecía tumbado:

–¿Eres Hassan Zoure?

–Sí –respondió mi amigo, al que la situación despejó al instante.

–Vístete; tienes que venir con nosotros.

–¿Ahora? ¿Por qué? –preguntó, esperando la peor respuesta.

–Nos vamos al aeropuerto. Un avión te llevará hasta Marruecos.

–¡Yo no he hecho nada, no quiero irme! ¡Por favor! Esto tiene que ser un error. Yo soy Hassan, pero puede que busquen a otro.

–No, no hay ningún error: Hassan Zoure, que se aloja en La Merced. Créeme que para nosotros esto es muy duro, pero cumplimos órdenes. Date prisa y coge tu ropa. No lleves dinero porque en la frontera te lo pueden quitar; ve descalzo para que no te puedas escapar.

Hassan saltó de la cama y se tiró al suelo llorando como un niño; se golpeaba la cabeza como queriendo sacar de ella un mal sueño. Se puso de rodillas delante de la mujer policía y le suplicaba; después hizo lo mismo con el hombre: lloraba, gemía, clamaba implorando justicia. Se metió debajo de la cama mientras seguía gritando. Los demás, desconcertados, contemplábamos la escena en silencio; no sabíamos qué hacer ni qué decir.

–¡Déjelo, diga que no lo ha encontrado! –me decidí a pedirle a la mujer, que también lloraba con nosotros.

–No podemos –respondió–. Cumplimos órdenes. Para mí, este es uno de los momentos más duros que he vivido. Por favor, no pongáis las cosas más difíciles.

–Hassan –intervino Andrés, que también lloraba–. Obedece, ve con ellos; no hay más remedio. Cálmate: te prometo que lo arreglaremos todo y que en cuanto cumplas dieciocho años estarás otra vez aquí.

–¡No, no, no! –seguía gritando desde su improvisado escondite.

–Venga, Hassan, tranquilízate. Sal de ahí, recoge tus cosas. Voy a buscar una maleta –insistía Andrés.

Los de la habitación de al lado llegaron alertados por los gritos y se unieron a nosotros. Ninguno podíamos creer lo que estaba ocurriendo. Por fin, mi amigo dejó de gritar, aunque seguía llorando. Obediente, como un corderito, salió de debajo de la cama. Pronto llegó Andrés con la maleta:

–Toma, quédatela, te la regalo.

Tratando de controlar el llanto, comenzó a recoger sus cosas, que metía en la maleta con parsimonia, como queriendo prolongar el tiempo que le quedaba entre nosotros. Cuando tuvo todo preparado, la cerró. Tenía los ojos enrojecidos por el llanto; los ojos que cautivaban a las chicas, ahora eran más negros que la noche más negra. Andrés le dio un abrazo, lo apretó contra su pecho; él no dijo nada. Fue a darle algo de dinero.

–No –insistió la policía–. En la frontera se lo pueden quitar.

–Te prometo –repitió Andrés– que haré todo lo posible para que vuelvas.

Hassan no respondió. Sin despedirse de nadie, salió en silencio y descalzo como le habían ordenado, arrastrando la maleta de Andrés, solo con su miedo y su rabia.

Tras su marcha, nadie durmió. Cuando se hizo de día todos comentaban que Hassan era uno de los chicos más responsables y trabajadores de la casa. Andrés trató de explicar lo inexplicable: se había aprobado una ley que consideraba que lo mejor para el menor era llevarlo con su familia, si la tenía. No se contemplaban las circunstancias de cada uno, ni si la familia reunía las condiciones adecuadas para atenderlo. Había jueces que la aplicaban con más rigor y otros, con menos. Hassan había tenido mala suerte: le había correspondido uno de los jueces más severos.

Este incidente nos puso a muchos alerta, porque el próximo en salir podía ser cualquiera de nosotros.

12. Puerta Bonita

Llegué a Puerta Bonita con menos miedo que al primer colegio, no solo porque estaba más familiarizado con todo lo relacionado con el centro, sino también porque había chicos que estaban en mi misma situación. Para empezar, nadie me acompañó el primer día porque fui con mi paisano Omar, que estudiaba el segundo año de carpintería allí.

Al principio, Omar no me había caído del todo bien, a pesar de que era mi paisano. La explicación es que en África él era de la tribu de los bamileke, y entre los bamilekes y los dowayos nunca hubo buena relación. Se creen superiores y nosotros los consideramos a ellos unos déspotas presumidos. Esto en España choca un poco, pero en África las cosas son así.

Hassan me había hablado del centro y ya tenía una idea; de todas formas, la impresión que recibí al llegar a Puerta Bonita no pudo ser mejor, a pesar de que, al encontrarse en el barrio de Carabanchel, estaba algo más lejos que el otro colegio, por lo que debía madrugar un poco más.

A la entrada había un espacio amplio ajardinado, como si fuera un gran parque, y en medio de árboles y plantas estaban los pabellones de los distintos talleres. Por megafonía anunciaron que los nuevos fuésemos al salón de actos. Omar me indicó dónde estaba; me encontré solo y tuve un momento de incertidumbre, pero reaccioné y pensé: «Diko, adelante, que no necesitas niñera». Llegué al salón de actos y elegí la última fila para sentarme; fue un gesto de timidez que me sirvió para contemplar mejor a los demás. El salón, no muy grande, pronto se llenó. Había gente variopinta, de diversas razas. La mayoría guardaba silencio; solo cuatro españoles gastaban bromas entre ellos y se desenvolvían con desparpajo. Entraron tres señores y dos señoras; el que debía de ser el director, que ocupaba el centro de la mesa, nos habló para darnos la bienvenida y para decirnos que en Puerta Bonita recibiríamos toda la ayuda necesaria para aprender el oficio elegido. Además, nos explicó que había clases de refuerzo para los que no conociesen la lengua y para adquirir nociones básicas de cálculo, lectura y escritura. También nos informó de que las instalaciones y el material eran de todos, y como propios deberíamos respetarlos y cuidarlos; y de que los respectivos tutores estarían atentos a solucionar nuestros problemas, de forma individual. Acabó diciéndonos que de cada uno de nosotros dependía el provecho que pudiésemos sacar de todo aquello que se nos ofrecía de manera gratuita, y que a quien no cumpliera las normas y rompiera la convivencia se le aplicarían las sanciones marcadas por el reglamento.

Nuestro grupo estaba formado por quince alumnos. Los tutores eran Almudena, una mujer de cerca de cuarenta años, simpática y llena de vitalidad, que nos enseñaría todo lo relativo a la jardinería, y Nicolás (Nico), algo mayor, que nos daría clases de Lengua y Matemáticas. Habría también dos horas de español para los que lo necesitasen.

Fuimos hasta nuestro taller. En el invernadero, además de plantas, estaban las herramientas. Antes de decirnos el nombre de cada una, Almudena nos invitó a que nos presentáramos. Fuimos diciendo nuestros nombres y nacionalidades: éramos cuatro marroquíes, tres subsaharianos (de Guinea Conakri, de Nigeria y yo, de Camerún), dos chicas dominicanas, tres rumanos que no hablaban nada de español, un ecuatoriano y dos españoles. Nos dio los horarios y nos despedimos. En la puerta esperé a Omar, que no tardó en aparecer. Llegué a La Merced ilusionado.

El sitio de Hassan pronto fue ocupado por un marroquí, Ahmed, un chico reservado que no hablaba con nadie. Cuando sonaba el despertador, él se quedaba en la cama; parecía como si no quisiera enfrentarse a la vida. No sabíamos en qué ocupaba su tiempo; solo presencié una escena que no me gustó: era un sábado y todos estábamos en la casa. Después del desayuno subí a la habitación para recoger; allí estaba Ahmed tumbado. Llegó Carlos, el educador, y le dijo que se levantara, pero él se dio media vuelta y ni lo miró. Carlos insistió, y entonces se encaró diciéndole que lo dejara en paz y comenzó a insultarle. El educador, sin perder los nervios, volvió a insistir. Como no conseguía su objetivo, se marchó y en unos minutos apareció con Andrés. Nunca había visto al director tan serio, que le ordenó: «Ahora mismo te vas a levantar y, si no estás a gusto, te vas». Ahmed, sin mirarlo, obedeció de mala gana. Estuvo todo el día sentado en el jardincito de la entrada sin hablar con nadie.

Volvió José de sus vacaciones y, cuando se enteró de la expulsión de Hassan, lo lamentó de veras. Yo seguí con él las clases, acordándome siempre de Hassan y esperando su regreso.

El viernes siguiente volvimos a ir a la discoteca; tenía la esperanza de encontrar a la chica de las trencitas, pero ¡nada, ni rastro! Mientras bailaba me pareció ver a una de sus amigas.

–Oye –le dije sin dejar de moverme–. ¿Tú eres amiga de Altagracia?

–¿De Altagracia Céspedes?

–No sé cuál es su apellido, pero debe de ser ella.

–Hoy no ha podido venir porque tenía que ayudar a su madre.

–¿Vendrá mañana?

–Es posible.

–¿Por qué no me das su número de teléfono?

–¡Ah, no te lo puedo dar sin su permiso! Pero, si quieres, le puedo decir que te he visto; tú eres el chico con el que habló el otro día, ¿verdad?

–Sí.

–Dame tu número de teléfono y que te llame ella.

Me faltó tiempo para seguir su consejo. Estuve todo el sábado pendiente del teléfono, que por fin emitió un sonido de mensaje después de la comida. Leí con precipitación: «Esta tarde voy a la disco». Respondí: «Allí nos veremos».

Estaba tan contento que se lo dije a mi amigo Salif. La felicidad que sentía tenía que compartirla con alguien.

Antes de que abrieran la discoteca, ya estaba yo en la puerta. Fui solo; a Salif no le apetecía acompañarme y se quedó viendo la tele. Al principio había poca gente, pero poco a poco el local se fue llenando. No aparecía. ¿Por qué no le pregunté la hora de vernos? Tras treinta minutos interminables, por fin entró con sus amigas y observé que con la vista me buscaba. Rápidamente me acerqué a ella:

–Hola, ayer no viniste.

–No, tuve que ayudar a mi mamá.

–Tu amiga no me quiso dar tu teléfono.

–Hizo bien, ella no sabía si me podría molestar.

–Y ahora, ¿te importa que lo tenga?

–No, en absoluto, así podemos quedar.

Caminamos hacia la pista donde estaban sus amigas. Bailaba siempre con la misma gracia, marcando el ritmo como ninguna. Yo estaba tan radiante que me movía sin escuchar la música; todos mis sentidos estaban pendientes de ella.

–¿Nos sentamos? –propuse después de un buen rato de baile, deseando reanudar la conversación.

–Vale.

Era tan alta como yo. Sus ojos, de color caramelo, dulces y serenos. Nos sentamos y tomamos nuestros refrescos. Estaba nervioso y no quería decir nada que pudiese ofenderla, por eso no me salían las palabras de la boca. Otra vez empezaba a parecer un idiota, mientras ella sonreía y me lanzaba miradas sugerentes. Hasta que se decidió a hablar:

–¿Llevas mucho tiempo en España? –la música retumbaba, aturdía; teníamos que hablar a gritos.

–No, solo unos meses. ¿Y tú?

–Yo llevo un año. Nos tuvimos que venir de la República Dominicana. Vivo con mi mamá y con mi hermano.

–¿No tienes padre?

–Sí, pero se ha quedado allá; es una historia un poco larga.

–Yo no tengo madre.

–¿Y padre?

–Sí, pero no me quiere. Vive en Camerún. También es una historia un poco larga.

–¿Con quién vives?

–Estoy en La Merced, que es una casa de acogida de menores.

–¿Y os dejan salir?

–Claro, no es una cárcel.

–¿Estudias?

–Sí, estoy en Puerta Bonita. Aprendo jardinería; me gustan mucho las plantas.

–¡Anda! ¡Qué casualidad! Allí estudia mi amiga Ana; seguramente la conocerás, porque también está estudiando jardinería.

–Naturalmente que la conozco; es muy simpática.

–Las dominicanas somos así. Yo estudio peluquería en un centro que se llama El Cid Campeador y está en Aluche. Oye, ¿cuántos años tienes?

–Tengo dieciséis; pronto cumpliré diecisiete.

–Yo cumplo los diecisiete en diciembre.

–Yo creo que los cumplo en noviembre.

–¿Cómo que crees? ¿No sabes cuándo es tu cumpleaños?

–No, nadie me lo ha dicho.

– Qué raro. Bien, tú sabrás.

Seguimos un rato con esa conversación intrascendente, guardando nuestros respectivos secretos. Se me ocurrían infinidad de preguntas: qué pasaba con su padre, cómo había llegado a España, si tenía papeles, en qué trabajaba su mamá (me hacía gracia, porque yo siempre decía «madre»; la palabra «mamá» me parecía muy cariñosa). Me las guardaba porque temía que, si ella contaba su vida, yo me iba a ver obligado a hacer lo mismo y me daba miedo que, una vez que conociera mi pasado, se rompiera nuestra incipiente amistad.

—¿Quieres que quedemos para vernos otro día en otro sitio? —propuse.

—Sí, mejor, porque aquí no hay quien hable. Ya tendría que ser para el sábado, durante la semana no puedo.

—A mí también me viene mal entre semana. ¿Dónde vives?

—En Villa de Vallecas.

—Yo vivo cerca de Manuel Becerra. Podemos quedar en el Retiro.

—Estupendo. Nos llamamos.

Continuaba sonando la música ensordecedora. Volvimos a la pista y, uno frente al otro, bailamos sin parar.

13. La primera cita

Aunque mi mejor amigo era Salif, el hecho de que Omar y yo hiciésemos juntos el camino hacia Puerta Bonita fue creando entre nosotros una buena amistad; entonces me di cuenta de que no había tanta diferencia entre los bamilekes y los dowayos y que, viviendo en un país extranjero, era mejor ayudarnos que atacarnos. Pero hubo una circunstancia que nos unió más aún: Omar era un gran aficionado al fútbol, incluso jugaba en un equipo, La Chimenea, que estaba en el barrio de Usera. Entrenaba los lunes y los miércoles; entonces entendí por qué esos días llegaba tarde a la cena y nadie le reñía. Le pregunté si podría jugar yo y él me llevó a la sede, que estaba en un local de la Asociación de Vecinos del mismo nombre. Jesús, su presidente, era un hombre cordial que me recibió con amabilidad. Me preguntó si había jugado antes al fútbol; le dije que sí, que lo había hecho en mi país y en un equipo de un colegio de Madrid que estaba en la zona de Ibiza. Después otro señor me hizo una ficha; por mi edad estaba en la categoría de los juveniles. Así fue como yo llegué a La Chimenea.

Omar y yo éramos admiradores de nuestro paisano Eto'o. Hablábamos de él y nos pasábamos información el uno al otro. Así supimos que había nacido en Nkon y que, siendo casi un niño, su padre se trasladó a Douala, donde empezó a jugar en el barrio de New Bells y más tarde en el club Avenir y en la Kayi Sport Academy. El primer partido importante al que asistió fue cuando la selección de Camerún jugó en Douala. Padre e hijo tuvieron que hacer noche en la puerta del estadio para conseguir entradas. Cuando tenía quince años, lo descubrió un señor camerunés amigo de José Luis López, que era miembro de la directiva del Real Madrid. Así entró en este club; aunque se consideró oportuno cederlo a otro equipo, el Leganés, para que fuera madurando como jugador. En 2003 jugaba en el Real Mallorca y fue nombrado mejor futbolista africano del año. Precedido por esta fama, a mediados de 2004 fue fichado por el Barcelona. En unas declaraciones dijo que iba a correr como un negro para poder vivir como un blanco. Dicen que cuando se cruzaba con Ronaldinho por los pasillos del Camp Nou, le gritaba: «¡Eh, negro!». Lo hacía para quitarle importancia por aquello del racismo, pero eso no quiere decir que no le importe, y responde cuando alguien toma el color de su piel como insulto. Como aficionados al fútbol, Omar y yo estábamos informados de que África es uno de los mayores proveedores de jugadores estrella: en la temporada 2003-2004, 677 jugadores formaron parte de equipos de primera división europeos: 105 de Nigeria, 77 de Camerún, 59 de Ghana, 53 de Senegal, 49 de Marruecos, 45 de Costa de Marfil y 37 sudafricanos. Los jugadores africanos son fuertes, combativos; por algo a los de la selección de Costa de Marfil los llaman los elefantes; a los de Nigeria, superáguilas; los panteras son de Gabón, águilas los de Malí, gavilanes los de Togo y leones los de Camerún, Senegal y Marruecos. Todo esto lo teníamos muy presente por si, en algún momento, había que taparle la boca a alguien. No nos inventábamos nada, solo estábamos atentos a las informaciones de la tele, la radio y algún periódico que nos traía José. Por eso sabíamos que en algunos campos de Europa, de vez en cuando, se daban actos de racismo y desde la grada se lanzaban insultos a jugadores negros. Omar decía que nunca había notado rechazo jugando en La Chimenea, bien es verdad que siempre jugó en amistosos y nunca en competición.

Un domingo, Juan y Margarita me invitaron a comer, como habían prometido, en un restaurante que está cerca de La Merced. Era un restaurante de estilo andaluz con unos pescados y una comida riquísima; desde que domino el manejo de los cubiertos, no me da corte comer en sitios finos. ¡Ay, si me viera mi abuelo! Además de la invitación, Margarita me compró un suéter celeste con rayas blancas de buena marca. En la casa nos compraban ropa, pero, por supuesto, no tan cara como ese suéter.

El sábado siguiente fue mi primera cita con Altagracia. Corría un viento fresco y me vino como anillo al dedo estrenar mi suéter de marca. Estuve nervioso todo el día esperando que dieran las cinco, que era la hora convenida para encontrarnos junto al estanque del Retiro. A las tres me metí en la ducha: lavado y peinado, me puse mi vaquero preferido y el suéter; después me perfumé con una colonia que tenía de cuando estuve en casa de Juan. Finalmente, me miré al espejo y me llenó de vanidad la imagen que este me devolvió: me vi alto, ni gordo ni flaco y, según me dijeron unas chicas de Lekeitio, mi cara era interesante, porque tenía la mirada profunda y los pómulos altos. Nadie me había dicho nada así, pero lo cierto es que, cuando te halaga una cosa, te la crees. Me lancé al metro y entré al Retiro por una de las puertas de Menéndez Pelayo. Mientras caminaba hacia el estanque, pensé que quizás no debería haber quedado en ese sitio, pues Cristina vivía cerca y solía ir con frecuencia. No había terminado con este razonamiento, cuando vi que de frente venían Cristina y sus amigas.

–Hola, Diko, ¿qué tal? –me preguntó mientras me besaba.

–Bien –respondí con indiferencia. No quería que el encuentro se prolongase porque me daba vergüenza y porque estaba impaciente por ver a Altagracia. Se hizo un denso silencio.

–¿Qué haces este curso?

–Estudio jardinería.

Otra vez el silencio.

–Los chicos del fútbol preguntan por ti –fue Vero la que habló.

–Me alegro. He quedado con una chica. Adiós, tengo prisa.

Me hubiese gustado echarle en cara muchas cosas pero, de pronto, opté por la indiferencia, pensé que era lo mejor. Di media vuelta y sin mirarla, seguí mi camino.

No tardó en llegar Altagracia. Venía un poco sofocada porque pasaban cinco minutos de la hora. Vestía un pantalón ajustado y una camiseta con flores rosas que resaltaban su piel de bronce.

–¿Qué tal? –nos saludamos con un beso–. Perdona que llegue un poco tarde, es que en los trasbordos del metro he perdido mucho tiempo.

–No importa. Vamos.

Comenzamos a dar un paseo adentrándonos por las zonas más boscosas del parque, que ya empezaba a mostrar los colores del otoño. La tarde era luminosa y agradable. Comenzamos hablando de temas sin importancia: que si el tiempo, que si los estudios, que si le gustaba ser peluquera... Poco a poco fuimos tomando confianza y la conversación derivó hacia temas más personales. Así, me contó que yo le había caído bien desde el principio porque estaba harta de que los chicos, al enterarse de que era dominicana, la tomaran por una chica poco seria, pues las mujeres de su país tenían esa fama; me dijo que yo, en cambio, la había tratado con respeto. Su padre vivía en la República Dominicana. Su madre, harta de malos tratos, había decidido separarse de él y, por miedo a represalias, había venido a España con sus hijos (su hermano y ella). La familia le había ayudado a conseguir los billetes para el viaje. Llegaron como turistas y así seguían, sin papeles y con miedo a ser expulsados en cualquier momento. También me contó que al principio pasaron muchas necesidades; vivieron de la caridad hasta que su madre encontró trabajo en Aravaca, limpiando casas. Su hermano trabajaba descargando camiones, poniendo copas en algún bar y en todo lo que le salía. Los dos se sacrificaban para que ella aprendiera un oficio. Le daba pena que su madre trabajara tantas horas; por eso trataba de ayudar en casa o los sábados fuera, en las casas donde trabaja su mamá.

–¿Quieres que vayamos a la discoteca? Aún es temprano –pregunté cuando creí que me había contado lo más destacado de su vida, pero con el deseo de que dijese que no.

–No. ¿A ti te apetece?

–No mucho.

Nos sentamos en un banco. El sol empezaba a declinar; era mi turno y tenía miedo de ser sincero con Altagracia, ya que mi vida estaba plagada de sombras. Le conté algunas de mis peripecias para llegar a España y pequeñas anécdotas. Era difícil que comprendiera algunas de mis hazañas sin conocer las circunstancias que las rodeaban.

Se hizo de noche y entramos en una hamburguesería. Pasé al servicio para comprobar si tenía suficiente dinero para invitarla. Seguimos nuestra charla sin darnos cuenta de la rapidez con la que habían pasado las horas.

–Es muy tarde; tengo que irme –hizo ademán de sacar el monedero.

–No, deja que te invite.

–Ni hablar; cada uno paga lo suyo.

–Como quieras. ¿Cuándo volvemos a vernos?

–Yo te llamo.

Nos despedimos con un breve beso.

14. Pacto sellado

Mis clases de jardinería iban viento en popa, y también las otras materias. Al principio me costó un poco manejarme en un grupo tan heterogéneo, pero Almudena y Nico fueron muy hábiles y consiguieron que la relación entre nosotros fuera buena. Lo más grave ocurrió una vez que desaparecieron herramientas: nadie sabía nada, nadie las había visto. Hicimos varias asambleas (¡Cuánto estoy aprendiendo! Las asambleas me encantan) y no salió nada en claro; tuvo que intervenir el director y aparecieron algunas. Al parecer, el responsable era uno de los españoles, que ya había tenido problemas con la justicia.

Al mes de comenzar el curso, fuimos de excursión a Cercedilla, un lugar precioso de la sierra de Madrid; hicimos senderismo y estudiamos parte de la flora del lugar. En esa excursión hice amistad con Abd Alí, uno de los marroquíes, que conocía a Hassan, pues habían coincidido en el centro de Hortaleza.

Cuando alguno de nosotros no podía asistir a clase, era obligación llamar para comunicar la falta; por eso una mañana nos extrañó la ausencia de Abd Alí, que era bastante madrugador. Apareció después del recreo muerto de frío, en pijama, descalzo y presa de un ataque de nervios. Nico le procuró ropa e intentó averiguar qué le había ocurrido. Quedamos consternados porque estábamos seguros de que se trataba de algo grave. Nunca más volvimos a verlo. Después de mucho insistirle, Nico me contó: de madrugada se habían presentado dos policías en el centro de acogida donde estaba. La misma historia que la de mi amigo Hassan: se lo llevaban a Marruecos. Pero a Abd Alí no le había resultado inesperada esa visita y, en un descuido de los policías, saltó por la ventana y huyó. Después se escondió en un contenedor de basura hasta que comprendió que había pasado el peligro; con miedo a que su aspecto lo delatase, se fue andando hacia Puerta Bonita, pues era el único sitio donde lo podían auxiliar, pero advirtió que no pensaba volver por allí, ya que lo localizarían fácilmente. «Si no viene por aquí ni acude al centro de acogida, ¿dónde vivirá?», pregunté a Nico. «En la calle», me respondió él. Un escalofrío me recorrió el cuerpo: de esa forma de vida sabía algo.

Estaba impaciente por llegar a casa y contar lo sucedido a mis compañeros; al primero que encontré fue a George. Estaba un poco triste.

–¿Qué te pasa? –le pregunté.

–Nada de importancia.

–Pues te noto decaído –insistí, porque me pareció que tenía ganas de hablar.

–Tú sabes que me gusta chatear en Internet.

–Sí, ya sé que eres un experto. Por cierto, a ver si me enseñas algo, porque yo no tengo mucha idea de informática.

–No sé si te conviene, porque mira lo que me ha ocurrido: llevaba al menos un mes chateando con una chica. Pasábamos horas hablando, coincidíamos en gustos y en muchas cuestiones. Decidimos citarnos, porque ella vive en Madrid. Teníamos que darnos alguna seña personal y, entonces, fue cuando no tuve más remedio que decirle que era negro. A partir de ese momento cambió todo: empezó a poner un montón de disculpas para no quedar conmigo. Estaba claro: no quería salir con un chico de color.

–¿Por qué no se lo dijiste antes? ¿Por qué esperaste al último momento?

–Porque no quería que me rechazara.

–Entonces no te deberías haber sorprendido. A eso nos tenemos que ir acostumbrando.

–Pero es que me duele; me siento humillado.

–Te comprendo, pero las cosas son así. Hay muchas chicas en el mundo, ya encontrarás la tuya; te lo digo por experiencia.

Seguimos charlando hasta que lo vi un poco más animado.

–¿Has visto a Salif?

–No, se marchó después de la comida y no ha vuelto.

Los martes no había entrenamientos. Pensé que habría ido a dar una vuelta; le gustaba descubrir sitios de la ciudad, por eso su ausencia no me alarmó. Le pedí a José que dejásemos la clase, no tenía el ánimo para prestar atención. La historia de Abd Alí me trajo el recuerdo de mi buen amigo Hassan y pensé que el próximo podía ser yo. Desde el dormitorio llamé a Altagracia. Era lo único que me apetecía.

–¡Hola, Diko! ¡Qué sorpresa! No me vas a creer, pero en este momento te iba a llamar.

—¡Qué casualidad! ¿Es que tienes algo especial que contarme?

—No, simplemente tenía ganas de hablar contigo. Y tú, ¿tienes algo especial que decirme?

—Sí, bueno, sí y no.

—A ver, aclárate.

—Estoy preocupado pero es una historia muy larga, que prefiero no contar por teléfono.

—Si quieres, nos vemos.

—Por mí, encantado. Dime dónde.

—Mejor en mi barrio. A las siete te espero en la boca de metro de Villa de Vallecas.

—De acuerdo. Allí estaré.

Faltaba una hora para la cita. Como los nervios no me dejaban parar, me lancé calle arriba hasta Manuel Becerra. Cogí el primer metro que pasó y a las siete menos cuarto estaba ya esperándola. Ella llegó a las siete menos cinco.

—Estoy intrigada con esa historia que me tienes que contar —me dijo después de saludarme.

—Vamos a un sitio en el que estemos tranquilos.

Caminamos por una amplia avenida, vimos un banco y nos sentamos. Me cogió la mano y me dijo: «Venga, habla». Tuve un momento de desconcierto: por un lado, sentía la necesidad imperiosa de compartir mis secretos y, por otro, tenía miedo a no ser comprendido y a ser rechazado. Ella lo notó y volvió a insistir: «No tengas miedo; lo que me digas quedará entre tú y yo». Sin más y aun a riesgo de cansarla, empecé por el principio de mi historia: hablé, hablé... Le mostré mi alma; los sentimientos brotaron como un torrente de dolor, de rabia, de rebeldía contra tanta injusticia.

–¡Cuánto has sufrido! –me dijo–. Yo creía que nadie lo había pasado tan mal en el mundo como yo, pero tú me superas. No te preocupes, no te devolverán a tu país.

–Me tienen bastante controlado porque, al solicitar la ley de asilo, mi expediente ha sido revisado más que cualquier otro.

–¿Sabes lo que te digo? Tengo el presentimiento de que esa ley tan injusta puede cambiar en cualquier momento.

–¡Ojalá!

–Dame la mano. Mírame, formula un deseo, los dos a la vez. Vamos –me dijo Altagracia.

–¿Sabes qué deseo he pedido? –le pregunté sin soltar su mano.

–¿Cuál?

–Que nada ni nadie me separe de ti.

–Yo también he pedido lo mismo. Quisiera estar siempre contigo.

En ese momento quedó sellado nuestro pacto.

Llegué tarde a la cena. Andrés me esperaba con cara seria.

–Diko –me dijo–, esto es como una familia en la que el padre impone las reglas. Las horas de las comidas hay que respetarlas; ya se te permite que los días de entrenamiento llegues tarde, pero la tardanza de hoy no está justificada. Que no se repita.

–Perdone; se me ha pasado la hora sin darme cuenta. ¿Ha llegado Salif?

–No, y me tiene preocupado.

Mientras veía la tele, reviví los momentos que acababa de pasar con Altagracia. Me fui a la cama con la preocupación de que Salif no aparecía. Estaba en el primer sueño cuando la luz se encendió. Di un bote.

–¿Qué pasa? –pregunté angustiado.

–Salif no ha venido. Es la una y media; dime la verdad, eres su amigo, ¿sabes algo? –me preguntó Andrés.

–No, no lo he visto en toda la tarde.

Salió de la habitación y volvió con un teléfono que no era el suyo habitual, seguro que lo hizo para que Salif no descubriese la llamada y respondiera con toda libertad. Llamó:

–Salif, ¿dónde estás?

Por la cara que ponía, no le estaba gustando la respuesta.

–No te puedes quedar en casa de nadie. Ven ahora mismo para acá. Si no hay metro, coge un taxi; yo lo pago. En veinte minutos te quiero aquí –ordenó Andrés con energía.

Me quedé esperando a ver en qué acababa todo. Como un clavo, a los veinte minutos mi amigo estaba allí.

–Ahora vete a la cama; mañana hablaremos –dijo Andrés.

Con la luz apagada y en voz baja, Salif me contó que había conocido a dos chicas, se le pasó la hora y había pensado en quedarse en casa de un colombiano amigo suyo.

–¿Y por qué no llamaste? Todos estábamos muy preocupados.

–Es que si llamo, Andrés no me hubiera dejado quedarme.

–¿Qué pasará mañana? ¿Tendrás algún castigo?

–Seguro que Andrés me descontará del sueldo los doce euros del taxi y el fin de semana tendré que limpiar la casa. Es lo que le pasó a otro que hizo lo mismo que yo.

–Lo dices tan tranquilo... ¿No te importa que Andrés haya estado sin dormir por tu culpa?

–Sí, ahora me arrepiento. No creía que se iba a preocupar tanto.

–Mañana tenemos que hablar. Buenas noches.

15. Montando guardia

¿Cómo llega el amor? ¿Cuándo llega el amor? Aquella tarde en la discoteca había muchas chicas, pero en el momento en que Altagracia se puso frente a mí y se cruzaron nuestras miradas, saltó la chispa entre los dos. ¿Por qué tuvo que ser ella? No lo sé. Pronto la chispa se convirtió en un volcán que inundó nuestras vidas. Esto ocurrió en el momento más inesperado y más temido por mi parte, cuando, impulsado por las circunstancias, le mostré mi alma y aparecieron las luces y las sombras de mi vida: en ese momento apareció el auténtico Diko, el Diko contradictorio que a veces ama la vida y otras tiene ganas de morir; el sincero, el locuaz y el tímido; el soñador y el realista, el Diko al que obligaron a ser perverso, pero que quiere el bien para todos, pero, sobre todo, el Diko que tiene unas inmensas ganas de amar y de que lo amen. Altagracia me aceptó tal y como era, sin más. También a ella la vida le había jugado malas pasadas, pero allí estábamos, viviendo momentos felices porque, a pesar de todo, nos teníamos el uno al otro. El pacto había quedado sellado: nada ni nadie nos podría separar.

En estas circunstancias tuve más miedo que nunca a que los policías me llevaran con mi padre. Decidí hablar con mis compañeros de dormitorio que estaban en la misma situación. Salif era mi amigo y de Ahmed sabíamos muy poco, solo lo suficiente para comprenderlo. Había llegado en patera, viajaba junto a su hermano gemelo, pero durante la travesía murieron varios del grupo de frío, de hambre y de sed, y uno de ellos fue su hermano; vio cómo arrojaban su cadáver al mar. Esto explicaba que se mostrara huraño. No obstante, a medida que pasaban los días, se fue haciendo más sociable y comunicativo; por eso accedió a mi deseo de reunirnos los tres.

Les conté lo que le había ocurrido al compañero de Puerta Bonita, Abd Alí, y les advertí que podíamos correr su misma suerte. Estuvimos de acuerdo en idear un plan: como generalmente la policía acudía de madrugada, para que no nos encontrasen, podríamos dormir debajo de la cama. Cada noche uno de los tres (por turnos) montaría guardia para avisar, si era necesario. Una vez aceptado el plan, fuimos a hablar con Andrés:

–Desde que vinieron a buscar a Hassan, estamos preocupados, porque a nosotros nos puede ocurrir lo mismo –fue Salif el primero en hablar.

–Hombre, no vienen a por todos; solo les toca a unos pocos.

–Sí, pero entre esos pocos podemos estar nosotros –dije para que entendiese bien nuestros temores.

–Comprendo vuestra inquietud, pero no os amarguéis. Además, tenía pendiente deciros que nos hemos puesto en contacto con la familia de Hassan para que le convenza de que no haga la tontería de intentar llegar a España de forma clandestina. Los papeles para su legalización van por buen camino y, en cuanto cumpla la mayoría de edad, podrá venir de forma legal.

–Me alegra un montón; Hassan es amigo mío –comenté.

–Decidme, entonces, en qué puedo ayudaros.

–Lo único que queremos es que, si en algún momento viene la policía y usted no nos encuentra, no intente buscarnos –explicó Salif.

–No os entiendo muy bien –repuso el padre Andrés.

–Eso. Que, si no nos ve, no nos busque –insistí en lo dicho por Salif.

–Naturalmente, yo no puedo impedir que la policía haga su trabajo pero, en este caso, tampoco pienso colaborar con ellos.

–Solamente era eso –dije, y terminamos el encuentro.

Fueron días y noches muy duros, sobre todo cuando me tocaba guardia. Aunque dormía sobre una manta, cogí frío y estuve unos días con fiebre, recluido en la casa. Altagracia se las arreglaba para visitarme todas las tardes. Allí no teníamos intimidad, pero con vernos nos bastaba.

Pronto destaqué en los entrenamientos con el equipo La Chimenea. A pesar de las malas noches y del enfriamiento, estaba en forma. Cuando ensayábamos en el campo las jugadas que el entrenador nos explicaba en la pizarra, yo las aplicaba y era eficaz en cualquiera de los puestos que me ponían, tanto, que me llamaban el Eto'o de Usera.

A pesar de todo, solo podía demostrar mi destreza en los entrenamientos, pues cuando jugábamos partidos estaba la mayor parte del tiempo en el banquillo, igual que Omar. No me atrevía a protestar por ello, porque hacía muy poco que había llegado al equipo.

La primera vez que me sacaron unos minutos al campo, jugábamos contra el Virgen del Puerto. Nosotros estábamos jugando muy deprisa, pero mal. Los contrarios acosaban y no dejaban a los nuestros retener la pelota más de dos segundos. En el primer tiempo nos metieron un gol. En el segundo tiempo se notaba el agotamiento, faltaban veinte minutos para el final y el marcador no se movía; la mayoría de los balones iban al aire sin que nadie rematara la faena. Entonces entré para sustituir a otro jugador. Salí con ímpetu y en un regate sorteé la defensa muy cerrada, liberé el balón y marqué nuestro primer gol. El otro fue a contragolpe y cuando nadie lo esperaba: en los últimos diez minutos salvé el partido. En las gradas gritaban ¡Eto'o! ¡Eto'o! ¡Eto'o! A la salida recibí abrazos y felicitaciones. Yo buscaba a Altagracia entre el barullo, pues había visto el partido desde el principio. Por fin pudo llegar hasta mí; me dio un abrazo diferente a todos los demás. Una vez que estuvimos solos, cogimos el metro hasta Conde de Casals; era una zona que nos venía bien a los dos.

–Eres un campeón –me decía. Se notaba que estaba orgullosa de mí.

–Es que tú me ves con muy buenos ojos.

–No seas tonto; sabes de sobra que tengo razón. Lo dicen todos.

–¡Si yo pudiera vivir del fútbol...! Pero eso es un sueño.

–También era un sueño encontrar a alguien que te quisiera y ya has encontrado a ese alguien. Te quiero más que a nadie.

–Tienes razón, soy un egoísta; lo quiero todo.

Seguimos hablando entre muestras de cariño. Estaba muy contenta porque había encontrado trabajo en una peluquería de Aravaca, donde trabajaba su madre: iría los sábados por la mañana, sobre todo, para hacer trencitas, pues había mucha demanda entre las chicas jóvenes y ella era una experta. Ganaría un pequeño sueldo, pero era suficiente para sus gastos de fin de semana.

Nos gustaba contarnos cosas de nuestros respectivos países. Yo le hablaba de Kongle, mi aldea, de la primera vez que fui a la ciudad. Se reía de mi creencia de que los blancos tenían la piel negra bajo la blanca y de cómo arañé a uno para comprobarlo. Le hablaba de Gochilé, mi primer amor de los ocho o nueve años. Ella me hablaba de Vicente Noble, su ciudad, donde la gente es hospitalaria y alegre, con ganas de bailar, y de su gran río, donde iba con sus amigas de la merienda. Me contaba cómo se divertían en los carnavales y de cuando su tía la llevaba a la playa de San Rafael, donde compraban bananas fritas y comían en los chiringuitos, debajo de los cocoteros. «Cuando tengamos dinero, tenemos que viajar a Camerún y a la República Dominicana», me decía. «Sí, pero con un pasaje de ida y vuelta», añadía yo. Siempre terminábamos expresando el mismo deseo. ¿Algún día podríamos realizar nuestro sueño?

Sonó un teléfono.

–Es el tuyo –me dijo.

–Hola, Juan –en la pantalla veía reflejado su nombre–. ¡Qué sorpresa! ¿Cómo está Margarita?

–Por eso te llamaba, para darte la noticia: ya somos padres. Ha sido un niño precioso. –Continuó entusiasmado–: Se llama Diego, como su abuelo.

–¡Qué alegría! ¿Cuándo ha nacido?

–Nació ayer, todo ha ido muy bien; estamos muy contentos.

–Estoy deseando conocer a Diego. Supongo que Margarita está aún en el hospital.

–Sí, está en el Hospital de la Beata, en la calle Doctor Esquerdo.

–¿Puedo ir a verla?

–Cuando quieras, por supuesto.

Miré la hora. El Hospital de la Beata estaba cerca; aún nos daba tiempo de ir. Altagracia quiso acompañarme, así conocería a Juan, del que tanto le había hablado. Compramos unas flores y en un periquete llegamos a la clínica. Allí estaban los afortunados padres, rodeados de amigos y familiares. Besamos a la madre, que con la maternidad se había puesto muy guapa, y miré al bebé, que dormía plácidamente ajeno a todo lo que le rodeaba.

–¿Alguna vez formaremos nosotros una familia? ¿Crees que podremos tener nuestro propio hijo? –pregunté a Altagracia a la salida de la clínica con un poco de envidia.

–No seas impaciente, todo llegará. Todavía somos muy jóvenes.

Aquella noche me tocaba guardia, pero ¡qué importaba! Quería compartir con alguien aquel momento de mi vida en el que, por fin, amaba y era correspondido. Me acordé de Javier y Rocío, la pareja que me encontró asustado y desvalido en el parque de los Alcornocales, en Tarifa, en Cádiz, horas después de mi desembarco de la patera. Ellos me regalaron el móvil. Tenía su teléfono registrado en la agenda. Lo busqué y pulsé la tecla de llamada.

–Hola, soy Diko –dije después de oír la voz de Rocío–. ¿Te acuerdas de mí?

–¡Hombre, Diko! Naturalmente que me acuerdo de ti. ¿Qué tal estás? ¡Vaya sorpresa!

–Muy bien. Estudio jardinería y vivo en el centro de acogida La Merced, me atienden de maravilla, tengo amigos y amigas, y planes para el futuro, aunque está un poco complicado lo de mi legalización. Me han denegado el derecho de asilo, pero confío en que todo se arreglará. Por eso os llamaba, quería compartir mi felicidad con vosotros, que me ayudasteis en los peores momentos.

–Lo hicimos con gusto; eres agradecido, otros no vuelven a acordarse de nosotros.

–¿Cómo está Javier?

–Muy bien, seguimos con nuestro trabajo y ayudando a quien podemos.

–Sois muy buenas personas. Me gustaría que nos viésemos alguna vez.

–Cuando quieras. Aquí tendrás siempre una casa y, si en algo podemos ayudarte, lo haremos encantados. Ya estarás hecho un hombre.

–Más o menos –me dio risa el comentario.

–Bien, Diko, le diré a Javier que has llamado. Cuídate, un beso.

–Un abrazo para los dos.

16. El partido

Nuestro enamoramiento nos tenía tan embobados que, a veces, olvidábamos lo más importante, que era prepararnos para compartir nuestra vida en el futuro. Altagracia estudiaba en Aluche y yo, en Carabanchel; ambos barrios están bien comunicados; por eso, algunos días a la hora del recreo abandonábamos nuestros centros para encontrarnos en un lugar intermedio. Lógicamente, no nos daba tiempo a regresar a las siguientes clases. A la tercera vez que lo hicimos, me llamó el director para que explicase mis ausencias. Le di una excusa tonta que no creyó; comunicó las faltas a La Merced y allí recibí la consiguiente reprimenda. Por otra parte, en la asamblea que teníamos los viernes, en la que se exponían los incidentes y los problemas surgidos en los últimos días, Almudena, la tutora, me notificó la sanción: descuento del sueldo correspondiente a una semana. Esto me sirvió de escarmiento y a Altagracia le ocurrió otro tanto, además de la bronca de su madre. Compartíamos nuestras finanzas y, como ella tenía el extra de las trencitas, me picó el amor propio y decidí buscarme algún trabajillo: fui a la farmacia donde había estado durante el verano y no tuvieron inconveniente en admitirme para que los ayudara los sábados. Nos administrábamos bien, incluso ahorramos. Alguna vez íbamos a la discoteca, pero no demasiado, porque estábamos mejor los dos solos hablando de nuestros proyectos.

Los entrenamientos y la novia no me dejaban tiempo para continuar con las clases que tenía con José, así que Ahmed ocupó mi puesto.

En Usera había una gran expectación porque estaba próximo un partido que se jugaría contra el Atlético Deportivo Gigantes, que la temporada anterior había superado en puntos a La Chimenea. Los entrenamientos eran duros. Yo seguía disciplinado y eficaz, haciendo méritos para no quedarme en el banquillo. La víspera del partido me llamó el entrenador:

–Diko, tengo que hablar contigo.

–¿He hecho algo mal? –pregunté intrigado y sorprendido.

–No, en absoluto.

–Entonces, ¿qué pasa? –exigí más que pregunté.

–Tú eres uno de los mejores jugadores que han pasado por aquí.

–Gracias.

–Pero no puedes jugar con los equipos federados, porque no tienes papeles.

–¿Y eso qué tiene que ver? Sin papeles tengo derecho a ir al colegio, a que me atienda un médico... ¿por qué no puedo jugar al fútbol?

–Eso pregúntaselo a quienes hacen las leyes. Yo no estoy de acuerdo, pero las cosas están así. Tienes una ficha falsa. Si juegas y descubren que tu situación no es legal, puede que tengamos una buena sanción.

–Ahora entiendo por qué estoy siempre en el banquillo.

–Sí, esa es la razón. Lo siento.

Quedé tan desolado que no pude contener las lágrimas. No hablaba; solo pensaba en la injusticia que suponía esa discriminación. Entonces el entrenador tuvo un gesto que siempre le agradeceré:

–Mira, Diko, se me parte el alma al verte así. Estoy de acuerdo contigo en que es una injusticia, por eso nos vamos a arriesgar. Empezaremos el partido sin ti. Debes estar atento porque, según vaya avanzando el juego, decidiré en qué momento saldrás al campo.

–No quiero que por mi culpa tengan problemas.

–No te preocupes. Si surgen, ya trataremos de solucionarlos.

Cuando se lo conté a Omar, demostró ser un buen compañero. Se alegró y me dijo: «Es justo que lo hagan contigo, porque juegas mejor que yo. Eres uno de los mejores».

Como en todos los partidos importantes, la gente estaba nerviosa: directivos, jugadores, afición. El entrenador nos animó diciéndonos que los Gigantes no eran como su nombre indicaba, y que nosotros éramos más grandes que ellos. Saltamos al terreno de juego; los suplentes (tres) quedamos a la expectativa. Las aficiones animaban en las gradas a sus equipos. En los primeros minutos las fuerzas estuvieron igualadas pero, de forma incomprensible, nuestro equipo empezó a cometer fallos. El entrenador, agitado, comenzó a gritar: «¡Así, no! ¿Qué hace ese? ¡Balón al compañero! ¡Pero así, no!». Poco a poco el equipo contrario comenzó a dominar el partido. Terminó el primer tiempo sin goles y con la moral de los nuestros muy baja. Al empezar la segunda parte no hubo reacción. Desde mi puesto de espectador y posible suplente pensé que aún era posible salvar el partido. A los quince minutos llegó el primer gol de los contrarios. Los Gigantes tenían el marcador a su favor y el balón en su poder. El entrenador miró al banquillo; sentí que podía llegar mi hora. Por fin recibí la orden de salir. Faltaban solo diecisiete minutos para el final. Sustituí al interior izquierdo. Pensé que había que seguir luchando; me desbordaban la furia y las ganas, pero eso no era suficiente: había que jugar con inteligencia. Mi primera intervención no fue muy buena, pero, al menos, puse el balón en el área. Llegó un balón a las inmediaciones del guardameta de los Gigantes. Buscamos el área. El reloj corría a favor de los contrarios, que perdían todo el tiempo que podían. Tenía otra vez el balón por la izquierda, quise dar espectáculo, hice bicicleta y gambeta al defensa. Lo dejé sentado. Seguí. Después, eslalon final al que se cruzaba por el centro. Con la zurda mandé el balón al área. Un centrocampista llegó a buscar el envío, conecté un gran disparo y, a solo cinco minutos del final, conseguí el empate. Corrí por la banda, hice otro regate al defensa y ¡goool!, ¡goool!, gritó la afición. Los jugadores entramos en los vestuarios celebrando el dos a uno que nos dio la victoria.

La gente me buscaba para felicitarme. En medio del griterío sentí los brazos de Altagracia, que envolvían mi cuello. «¡Enhorabuena, campeón!» me dijo. Juntos, por unas horas, rodeados por la afición, nos emborrachamos de gloria.

Lo habitual era que por las noches ni los educadores ni el director, Andrés, pasaran por los dormitorios, salvo que hubiese algún escándalo. No sé por qué, aquella noche llegó Carlos de improviso y le preguntó a Salif, que era el que estaba de guardia esa noche: «¿Dónde están tus compañeros?». Él no tuvo más remedio que descubrir nuestro escondite. «¡Estáis locos!», se sorprendió. «Ahora mismo a la cama. Dormid tranquilos, que no pasa nada.»

Llevábamos unas tres semanas haciendo las guardias nocturnas; la verdad era que estábamos un poco hartos de dormir en el suelo y de pasar noches en vela, pero ninguno de nosotros se atrevía a romper el acuerdo por miedo a que pasara algo, por eso nos vino muy bien la llegada de Carlos aquella noche.

Al día siguiente, durante el recreo, llamé a Altagracia para contárselo:

–Me alegro; ya estaba preocupada de que no descansaras durante tantos días.

–Pero sigo teniendo miedo. ¿Y si me llevan?

–No sufras porque eso no va a pasar.

Siempre me daba ánimos y me tranquilizaba.

17. Fiesta y viaje

Estaba deseando conocer a la familia de Altagracia –es decir, a su madre y a su hermano– y la ocasión se presentó pronto: la asociación Malwen, formada por mujeres latinoamericanas de la que formaban parte ella y su madre, organizó una gran fiesta en un colegio de Vallecas a la que me invitaron. Era una especie de convivencia entre inmigrantes y españoles, sobre todo, vecinos de la zona. Mis dos compañeras dominicanas de Puerta Bonita, Roxana y Ana María, acabaron de informarme al detalle. A mí me daba un poco de vergüenza ir a la fiesta, porque temía no caer bien a su familia. Me preparé lo mejor que pude: me puse el jersey que me había regalado Margarita y que tan buena suerte me había dado en la primera cita con Altagracia. Salif, mi amigo, me dio el visto bueno antes de salir, e incluso me dejó usar su colonia porque la mía se había terminado, y me deseó suerte.

Al entrar al colegio vi un gran salón. Altagracia me dijo: «Aquella es mi mamá». La observé mientras me acercaba: era más alta que la hija, el pelo rizado y negro le caía por los hombros, su piel era tersa y cobriza, y tan joven que más parecía su hermana que su madre. Estaba hablando con unas señoras que debían de ser sus amigas. Nos acercamos al grupo.

–Mamá, este es Diko.

–Hola, Diko, tenía ganas de conocerte. Altagracia me ha hablado mucho de ti –dijo mientras me daba un beso–. Me llamo Palmira.

–También yo tenía ganas de conocerla.

–No me hables de usted, que soy muy joven. Espero que la fiesta te guste y que te encuentres a gusto entre nosotros.

Me confundió tanta amabilidad. Altagracia no paraba de saludar y hacer presentaciones. Encontramos a Roxana y Ana María acompañadas por unos chicos dominicanos y formamos grupo con ellos. Nos ofrecieron unos refrescos y esperamos a que estuviesen listos los platos de comida.

–Ven, que te voy a presentar a mi hermano –Altagracia me llevó hacia un chico alto, moreno, de complexión fuerte y pelo cortado al cero–. Raúl –dijo–, este es Diko.

–Hola, ¿tú de dónde eres? –me quedé con la mano extendida para saludarle, pero él no me correspondió, dejándome en una postura ridícula.

–De Camerún –respondí.

Entonces dio media vuelta y se marchó. Me sentí humillado y con ganas de salir de allí. Altagracia lo notó:

–No te preocupes; no le hagas caso. Mi hermano es así de raro.

–Es un mal educado –le dije enfadado.

–Olvídate de él; vamos a comer algo –dijo mientras trataba de serenarme y hacía como si no hubiera pasado nada.

En varias mesas habían puesto abundante comida. Había platos dominicanos que Altagracia me fue enumerando: moro de guandules (guiso de pescado), sancocho (carne con arroz blanco y aguacate) y bandera (arroz con judías rojas y carne). También había comida española, como la tortilla de patatas, que es uno de los platos que más me gustan. No faltaban las bebidas; era un verdadero banquete. Acabé olvidándome del incidente y comí y bebí. Llamé a La Merced para avisar de que no iría hasta la noche. Cuando llegó la hora de bailar pusieron, sobre todo, música caribeña, en la que Altagracia era la reina. Frente a ella yo danzaba como un poseso, tratando de estar a su altura, aunque, desde luego, lo pasé estupendamente.

Al atardecer nos despedimos de todos y salimos a dar una vuelta. Caminamos por un paseo y buscamos el banco donde sellamos nuestro pacto.

–¿Qué tal lo has pasado? –me preguntó, como siempre, cariñosa.

–Bien, pero la actitud de tu hermano no me ha gustado.

–No te preocupes. Es cierto que no le gusta que salga contigo, pues ha asumido el papel de padre de la familia.

–No sé, tiene un aspecto que no me gusta.

–Verás: cuando llegamos a España lo pasó muy mal: no conocía a nadie, estaba solo, desesperado, hasta que encontró a los Latin Kings. Ahora forma parte de este grupo y se comporta como ellos.

–Todo eso me da miedo –insistí.

–Te vuelvo a repetir que no te preocupes. Yo soy más fuerte de lo que imaginas, y recuerda nuestro pacto: nada ni nadie nos va a separar.

La apreté contra mí; necesitaba su contacto para alejar las dudas.

–Ya sabes que el lunes me marcho a Moraida. Te echaré mucho de menos.

–Me dijiste que vas con los de la escuela. ¡Qué bien! Me alegro por ti, pero me sentiré muy sola.

–Solo estaré allí cuatro días.

–¿Y te parece poco? No dejes de llamarme.

Voló el tiempo y nos despedimos antes de que llegase la hora de la cena.

Moraida es un pueblo que está cerca de Valencia. Fuimos a un albergue muy bien acondicionado. Nos acompañaban nuestros tutores, ayudados por monitores de la zona. Las jornadas eran muy similares a las del campamento de Lekeitio. Al principio tratamos de agruparnos los chicos que ya nos conocíamos o que éramos de la misma nacionalidad, pero todos los días se organizaban actividades en las que se fomentaba que estuviésemos todos con todos. El ambiente era cordial; solo echaba de menos a Altagracia, pero el teléfono y algún que otro mensaje aliviaban su lejanía.

Allí ocurrió algo inesperado para mí: se hablaba bastante de fútbol y pronto corrió el rumor de que yo era muy buen jugador, y que me llamaban el Eto'o de Usera. Vicente, un monitor de Valencia, me dijo que tenía un amigo de Camerún que era árbitro de juveniles y que quizás me interesase hablar con él para que me orientase un poco. Estuve encantado y quedamos en verlo el día que fuésemos a visitar la ciudad.

Me impresionó la ciudad de Valencia: sus palacios, la Lonja y, sobre todo, el Museo de las Artes y las Ciencias.

Nos citamos con el entrenador después de la comida. Era un hombre joven y simpático. Se llamaba Jean Mboune y era de Yaundé. Vicente ya le había hablado de mí y de mis aspiraciones. Me contó su historia por si me servía de ejemplo.

En Camerún pertenecía al partido político Frente Democrático del Pueblo, que luchaba contra la dictadura del presidente Paul Biya. La policía lo sorprendió repartiendo propaganda política y lo encarcelaron. Salió de la cárcel gracias a las gestiones de su padre, que era un pudiente empresario que sobornó a unos y a otros. Una vez libre, no pudo despedirse de su familia por temor a que lo detuviesen. Uno de sus hijos murió al poco tiempo sin que él pudiera verlo. Tomó el primer barco que pudo encontrar y llegó a Cádiz. Viajó a Madrid para pedir asilo político. Se lo concedieron pero, por una serie de malentendidos, no le admitieron la reagrupación familiar, de modo que solo pudo traer a dos de sus hijos, los mayores, pero tiene otro hijo de siete años al que no conoce. Nació cuando él ya estaba en España. No puede ir a Camerún a visitar a sus padres, de noventa y siete y ochenta y siete años. Su verdadera vocación era ser jugador de fútbol, pero se tuvo que conformar con ser árbitro, a lo que se dedicaba los fines de semana, porque vivía de otro trabajo. Me habló de que el racismo en las gradas está cada día más extendido y de que algunas veces ha parado el partido y se ha refugiado en los vestuarios paralizado por el miedo después de oír los insultos. Le llega al alma, sobre todo, cuando oye cosas como: «Coge una patera y vuelve a tu país». Ettien y Congo, ambos exjugadores del Levante, tuvieron que aguantar las burlas, los gestos simiescos (como si fueran monos) de los ultras del Madrid, aunque los jugadores tenían el apoyo de la hinchada y ganaban mucho dinero, para ellos es humillante tener que aguantar este tipo de situaciones. De sus dos hijos mayores uno figura en los cadetes del Madrid y otro en los del Levante. El mayor estuvo de recogepelotas en el Bernabéu y sufrió los insultos de los Ultra Sur. Cuando terminó el relato, le dije:

–En resumen, que me resultará casi imposible llegar a vivir como jugador de fútbol siendo negro y sin nadie que me apoye.

–Más o menos. Tú prepárate para ganarte la vida de otra forma. Eres joven y nunca se sabe lo que puede pasar.

Seguimos hablando de la liga, de lo bien que se portaban los directivos de La Chimenea, de la estupenda labor que hacen con los jóvenes, de cosas y sitios de Camerún, de las ganas que teníamos los dos de volver allí... pero con billete de vuelta. Nos despedimos muy cordialmente.

Al día siguiente, durante el viaje de regreso hacia Madrid, soñaba con mi encuentro con Altagracia; el fin de semana nos ofrecería muchas horas para compensar las ausencias.

18. El asalto

Nada más entrar en La Merced, Carlos, el educador, me estaba esperando. Nos saludamos y se interesó por cómo había ido todo.

–Tengo que darte una buena noticia.

–¿Qué pasa? –pregunté intrigado.

–Ya podéis dormir tranquilos; no tendréis que montar guardia.

–¿Por qué?

–Han cambiado la ley por la que se hacía regresar al menor con su familia por encima de todo. Ahora se va a considerar cada caso particular y va a primar la protección del menor y la conveniencia o no del reagrupamiento.

–Entonces, eso quiere decir que ya no me llevarán con mi padre.

–Efectivamente, puedes dormir tranquilo.

–¡Gracias! –dije mientras le daba un abrazo–. Y ahora, ¿qué será de Hassan?

–Para los que se llevaron, ya no hay remedio, pero no te preocupes, tu amigo estará pronto con nosotros. Le estamos arreglando los papeles para que vuelva cuando sea mayor de edad.

Respiré tranquilo. ¡Menudo alivio! Corrí a la habitación, solté la mochila y me apresuré a llamar a Altagracia.

–Ya estoy aquí. Acabo de llegar.

–Hola, ¿qué tal te ha ido?

–Bien, pero tengo muchas ganas de verte.

–Igual me pasa a mí. Mañana, sábado, tengo que ir a la peluquería. Nos vemos después de la comida. ¿Dónde te parece?

–Donde tú quieras.

–Bien, nos llamamos por la mañana para acordar el sitio. Tendrás que contarme muchas cosas, ¿no?

–Sí, pero la principal es la noticia que acabo de recibir nada más llegar a la casa.

–¿Y es buena o mala?

–Buenísima.

–Pues cuéntamela para que duerma tranquila.

–¡Han derogado la ley por la que podían expulsarme!

–¡No me digas! –dio un grito–. ¡Eso es fantástico! Ya no tendrás que montar guardia y dormirás tranquilo. ¿Ves como las cosas se van arreglando? Bueno, mañana me lo cuentas todo con detalle. Un beso; que descanses.

La esperé en un andén de la estación de Chamartín. Llegó a las cuatro, puntual, en seguida me divisó y corrimos el uno hacia el otro. Había cambiado algo su peinado: solo tenía trencitas en la parte de delante y llevaba el resto del pelo suelto, rizado y cayéndole por los hombros. Estaba guapísima, como nadie, como ninguna. El saludo fue muy efusivo, como era ella, espontánea, alegre, cariñosa.

–Tenemos un montón de horas por delante –le dije–. Como es sábado, puedo llegar a la casa a la una.

–Vamos a aprovechar el tiempo. En primer lugar, cuéntame todo el viaje; fíjate bien, todo –dijo con retintín.

Buscamos una cafetería tranquila para poder hablar de nuestros planes. Le expliqué con detalle lo de la nueva ley, el posible regreso de Hassan y lo desilusionado que estaba después de la conversación que había tenido con el árbitro de Valencia.

–Fíjate, me has contado una cosa buena y otra mala –me dijo cuando acabé de hablar–. Quédate con la buena. El cambio de la ley es lo más importante, porque era lo que nos podía separar. Lo de ser futbolista, ¿quién sabe? Eres muy joven y en cualquier momento puede cambiar tu suerte. Si no es así, serás jardinero o lo que sea. Lucharemos juntos; eso es lo que importa.

Como siempre, sus argumentos me dejaban fuera de juego.

–Tengo que contarte algo no demasiado agradable, pero prométeme que no te vas a preocupar.

–Depende de lo que sea.

–Se trata de mi hermano.

–¿Qué te ha hecho? –pregunté con vehemencia.

–El otro día me echó una buena bronca porque no quiere que salga contigo.

–Pero ¿qué le he hecho yo?

–Nada, solamente que no quiere a un africano. Dice que yo me merezco algo mejor.

–¿Y tú qué le respondiste? –pregunté cada vez más exaltado.

–Que no se metiera en mi vida, que tú eras el chico al que quería. Gritaba tanto que mamá tuvo que intervenir.

–¿Y qué dijo? –le pregunté yo, con esperanza.

–Que ya había tenido bastante con la violencia de mi papá, que no quería peleas y que a ella le hubiese gustado para mí un español con una carrera, pero que, si te quería, que adelante, que me dejase en paz.

–Tengo miedo; esto nos puede separar –comenté con pesar.

–No sufras, ya se le pasará cuando vea que mi decisión es firme. No me conoces, soy más fuerte y más luchadora de lo que crees.

–Sé que eres más fuerte que yo, pero me da pánico todo esto.

–Venga, no te preocupes –su tono se hizo más alegre–. Vamos un rato a la bolera. Hay tiempo de sobra; luego podemos ir a la discoteca. ¿Qué te parece? Si seguimos así, con tantos miedos y con tantas angustias, vamos a parecer dos viejos.

Fuimos a la bolera y a la discoteca, y salimos con el tiempo justo para coger el transporte de vuelta. Estábamos contentos porque aún nos quedaba el domingo.

Mi reloj marcaba las doce y media cuando comencé a bajar la cuesta de Gómez Ulla. Iba sin prisa, llegaba antes de la una de la madrugada. Hacía buena temperatura; detrás de mí y siguiendo mis pasos, caminaba un grupo de chicos. Al doblar la esquina para enfilar la calle de La Merced, el grupo redujo la distancia que nos separaba. Me pareció extraño.

La luz era escasa. Caminé más deprisa; me quedaban unos cien metros para llegar a la casa. Entonces ellos dejaron de hablar; aquel silencio me llenó de pánico. Quise correr, pero ya era tarde: el grupo, de unos siete chicos, me rodeó. En seguida reconocí a uno de ellos: era Raúl, el hermano de Altagracia.

–Mira, el mono se quiere escapar –dijo mientras me sujetaba por los hombros.

–¿Qué quieres? –le dije mientras trataba de salir del cerco.

–¡Eh, tranquilo! Tenemos que hablar –seguía hablando con chulería–. O dejas a mi hermana tranquila o te arranco a tiras esa piel de mono.

–¡Eres un cobarde! ¡Cuando quieras nos vemos las caras tú y yo solos! –grité con rabia mientras intentaba darle una patada.

–Ten cuidado con lo que dices y con lo que haces –en ese momento sacó una navaja. Noté su punta debajo de la barbilla.

–¡Bravo, Raúl! –jalearon sus compañeros.

–¡Que sepa con quién está tratando! –gritó otro mientras me sujetaba las manos por detrás.

–Vete a la selva, con los de tu raza –dijo alguno mientras los demás reían la gracia.

En ese instante noté que un líquido tibio me empapaba la camiseta. La punta afilada cambió de lugar; ahora apuntaba al costado.

–Mira lo que te puede pasar si sigues importunando a mi hermana –dijo Raúl mientras me hundía el acero de arriba abajo–. Esto es solo el principio. Ahora vete y piensa bien lo que vas a hacer.

Corrieron hasta perderse en la noche. Grité, pero nadie me oyó. La herida del cuello había dejado de sangrar, no sentía dolor. Apreté la del costado. La camiseta estaba empapada. Tenía que llegar a la casa como fuera. Conseguí alcanzar la entrada. Empleé las últimas energías que me quedaban en dar una patada a la puerta. A partir de ese momento, todo se oscureció.

19. Las cartas

No puedo explicar cómo fue mi vuelta a la vida: abrí los ojos, las luces de neón del techo me cegaron, quise regresar al dulce sueño en el que había estado sumido. Varias personas se movían a mi alrededor; oía susurros.

–¿Qué tal, Diko? –alguien me preguntaba en tono cariñoso mientras presionaba mi mano.

–Bien –respondí con un hilo de voz.

–Ya pasó todo. Descansa.

El padre Andrés estaba a mi lado; crucé la mirada con una enfermera. Vi a don Luis, el director de Puerta Bonita, a los pies de la cama. Fue entonces cuando tomé conciencia de la realidad. Palpé. Gasas y esparadrapo cubrían la herida del costado.

–Estás fuera de peligro. Perdiste mucha sangre, pero llegamos a tiempo. Pronto estarás en casa –me dijo Andrés.

En aquel momento, como si se tratara de una película de terror, pasaron por mi mente las peores escenas de mi vida. Me tapé la cara con la sábana para que nadie me viera llorar. Lloraba por mi pasado, por mi presente, por mi futuro. ¿Quién se empeñaba en que viviera? ¿Por qué no me habían dejado en aquel dulce sueño? Deseaba la presencia de Altagracia. Tenía que hablar con ella. ¿Se habría enterado de lo sucedido? Todo estaba claro y oscuro: claro porque sabía lo que querían hacer con nosotros y oscuro porque no veía salida a aquella situación.

—Ánimo, Diko, ya pasó todo —Andrés trataba de consolarme.

—No —dije con la voz entrecortada—. Todo acaba de empezar.

—Bueno, hombre, ya nos contarás. Ahora debes reponerte.

Enterados de lo sucedido, recibí ánimos y mimos de todos los de la casa. Estaba débil y hasta que no cicatrizaron los puntos permanecí en La Merced sin ir a Puerta Bonita y sin consuelo. Altagracia no cogía el teléfono. Siempre oía la misma voz impersonal: «El teléfono al que llama está apagado o fuera de cobertura». Tampoco respondía a mis mensajes. La situación era desesperante. ¿Por qué no me llamaba ella? ¿Había fingido amor? ¿No era verdad lo que me había dicho? ¿Sería capaz de enfrentarse a su hermano? Aquellas dudas me dolían más que todas las puñaladas.

Por fin sonó el pitido de mi teléfono que anunciaba un mensaje: «Por fin», pensé. Pero no era de ella. En la pantalla leí: «Ten cuidado. No te acerques a mi hermana. Sabemos que la llamas. Te estamos vigilando. La próxima vez no podrás contarlo». Aquel plural me heló la sangre: no solo me vigilaba el hermano; se trataba de un grupo de asesinos.

Lo primero que hice al llegar a Puerta Bonita fue hablar con Ana María, amiga de Altagracia, que estuvo dispuesta a servir de correo. Escribí esta carta:

Querida Altagracia: ¿Por qué no respondes a mis llamadas? ¿Por qué no respondes a los mensajes? Estoy desesperado. ¿Se acabó tu cariño? ¿Fingías cuando hicimos el pacto? No puede ser. Responde, por favor.

Diko

Y ella me respondió con otra:

Querido Diko: ¡Por fin he sabido de ti! Estoy desolada y no he podido llamarte; el teléfono me ha desaparecido. Seguro que es obra de mi hermano, pero ya tengo otro. Si no te he llamado ha sido porque no sé tu número de memoria, lo tenía en la agenda del móvil y no tuve la precaución de apuntarlo en algún sitio. ¿Cómo puedes dudar de mi cariño? Me duele que pienses así. Te quiero más que a nadie y lucharé para que algún día estemos juntos para siempre.

Mi hermano sigue empeñado en separarnos, pero no lo conseguirá. Como ya te he contado, en la República Dominicana era como un gallo en el gallinero: siempre estaba rodeado de chicas y amigos. Llegamos aquí y se encontró desesperado, hasta que conoció a los Latin Kings. Es un grupo violento y, entre ellos, el más salvaje y cruel es el que se erige en jefe. Él se comporta como mi padre; es machista y dominante. Hemos sufrido mucho porque en mi casa hubo escenas de celos, palizas e incluso llegó a peligrar la vida de mi mamá. Ella fue valiente; por eso estamos aquí. Ahora, las dos queremos vivir tranquilas, pero Raúl no nos deja. Con mamá no puede, por eso intenta dominarme a mí. Con el pretexto de protegerme, en el fondo lo que quiere es verme sometida. No lo conseguirá, pero tengo miedo de que, con los de su grupo, intente hacerte algo. Por favor, Diko, mi amor, no me ocultes nada de lo que te pase. Debemos actuar con buen criterio. Si te ocurriera algo, no lo soportaría. Te quiero como nunca antes te he querido. No dudes de mi amor, porque me ofendes. Ahí va mi nuevo número. Espero ansiosa tu llamada. Besos.

Altagracia

Agoté todo el crédito de mi teléfono, pero valió la pena. Altagracia se quedó atónita cuando le conté lo sucedido; no podía creerlo, estaba convencida de que las amenazas iban en serio. Aterrados por lo que pudiese ocurrir, pensamos que lo mejor era que ella no se diera por enterada de la agresión y que actuara como si nada hubiese pasado; y desde luego, vernos era una temeridad. El grupo vigilaba y cualquiera de ellos iría con el chivatazo; por eso teníamos que renunciar a estar juntos. Había que esconder el nuevo teléfono porque, si descubrían las llamadas, las consecuencias serían terribles. A su madre era mejor no decirle nada. ¡Bastante había sufrido ya la pobre!

20. El pegamento

No soportaba la ausencia de Altagracia; no me bastaba hablar con ella: necesitaba su presencia. Por otro lado también me atormentaba saber que ella sufría como yo. A pesar de mi abatimiento, seguía el ritmo de las clases en Puerta Bonita animado por Altagracia. Pero era tal mi pesar que volvieron los fantasmas de la noche, esos fantasmas que habían ocupado mis sueños tanto tiempo y que el amor había sido capaz de desterrar.

Durante más de un mes sucedieron cosas que, en otras circunstancias, me habrían llenado de gozo, entre ellas el regreso de Hassan. En mi aislamiento no me había enterado de que en la casa se hablaba de su posible vuelta. Se presentó en La Merced una tarde. Estaba espléndido, radiante. Gracias a un contrato de trabajo como auxiliar de cocina, y a las gestiones y el interés de Andrés, había conseguido los papeles que, cumplida la mayoría de edad, regularizaban su situación. Se alojaba en unos pisos para mayores que también eran de La Merced, hasta que encontrase un alquiler que pudiera pagar. Después del revuelo y la alegría que causó con su presencia, salimos los cinco –Omar, George, Salif, Hassan y yo– a dar una vuelta. Cada uno contaba sus hazañas y sus proyectos.

–¿Qué te pasa, Diko? Estás muy callado –me preguntó Hassan sorprendido.

–Nada, no estoy en mi mejor momento.

–Tienes que alegrar esa cara. ¿Recuerdas lo mal que lo pasé yo? Y mira ahora, lo malo ya forma parte de mis recuerdos. Todo tiene solución.

–Sí, es posible –no tenía ganas de hablar, incluso me costaba prestar atención a lo que decían mis compañeros.

Una vez al año, y coincidiendo casi con el final del curso, en Puerta Bonita se organizaba el día de puertas abiertas. Era una fiesta a la que invitaban a colaboradores y amigos del centro. Todos los grupos, dirigidos por los profesores y el director, nos afanábamos para que saliera perfecto. Esta labor me distrajo bastante; colaboré preparando plantas en pequeñas macetas que luego se regalarían a cada uno de los invitados. Los estudiantes de carpintería obsequiarían marcos y los de cocina prepararían comida. Don Luis, el director, nos daba ánimos; él era cariñoso con todos pero, desde que sufrí la agresión, conmigo era excepcional, no sé si por compasión o por cariño.

Como era de esperar, la gente salió satisfecha de la celebración, elogiando la buena organización y lo rico que estaba todo. A la caída de la tarde, ya solo en el dormitorio, volvió mi desesperación; era un dolor profundo del alma que me empujó a salir a la calle porque me faltaba el aire. Durante bastante tiempo, no sé cuánto, caminé sin rumbo. Bajé las escaleras de la primera boca de metro que encontré y salí a la Plaza de España. Varios chicos, también desheredados como yo, jugaban en un local de máquinas de recreo. Me acerqué a ellos y en seguida trabamos conversación. El grupo era de lo más variopinto en cuanto a razas y procedencia. Estaba siguiendo su juego cuando alguien me abordó por la espalda.

–¿Qué haces por aquí, Diko? –me volví sorprendido. Era Abd Alí, el compañero que tuvo que huir para que no lo repatriaran. No regresó a Puerta Bonita y ahora me lo encontraba allí.

–¡Qué sorpresa! ¿Qué es de tu vida?

–Tirando como puedo.

–¿Dónde vives?

–En ningún sitio. Tengo que esquivar a la policía.

–Pero, ¿no te has enterado?

–¿De qué?

–Han derogado la ley. Ya no repatrían a los menores –se quedó pensativo.

–¿Quieres decir que ya no irán a buscarme?

–Exactamente. Puedes volver al centro de acogida, sin ningún peligro. Todos se alegrarán de verte.

–Gracias, amigo, por la noticia. Mañana estaré allí –chocamos las manos.

Salimos del local y hablamos tranquilamente. Después nos despedimos en la boca de metro.

No me sentía con fuerzas para regresar a La Merced y meterme en la cama; por eso decidí volver con los de los juegos. Allí seguían. Nos echaron del local porque iban a cerrar;

continué con ellos sin importarme la hora que era. Nadie me preguntó y caminé con el grupo como si fuéramos amigos de toda la vida. Cada uno de nosotros pagó la hamburguesa que nos sirvió de cena. Llegamos a una calle poco transitada. Todos se comportaban como si siguieran una ruta habitual. Algunos se despidieron hasta el día siguiente y tres de ellos buscaron un portal donde pasar la noche. Con bastante sigilo para no ser descubiertos, sacaron una bolsa y pegamento. Comenzaron a inhalar y me invitaron a que los acompañara. Desde que fui niño de la guerra, cuando me obligaron a entrar en el mundo de la droga, prometí que jamás volvería por ese camino. Sin embargo, ¿por qué fui tan cobarde? ¿Por qué volví a las andadas? No puedo explicarlo; solo sé que amanecí en una comisaría de policía. Según me contaron, pues yo no me enteraba de nada, a una hora ya avanzada de la noche quise tomar el metro de regreso a La Merced y un policía, en vista de mi estado, me lo impidió. Vio mi carné y llamó a La Merced para decirles que estaba sano, pero completamente alucinado, y que era mejor que pasara el resto de la noche en comisaría; por la mañana ya estaría en condiciones de terminar el viaje hasta la casa.

Sentía vergüenza de mí mismo. ¿Con qué cara me iba a presentar ante Andrés? Caminé despacio, temía pero deseaba pasar el mal trago lo antes posible. El director estaba en la secretaría. Salió de inmediato.

–Acompáñame, tenemos que hablar.

Entré en su despacho en silencio. Sin mirarle a la cara, esperé la regañina.

–No quiero que me expliques nada porque lo que has hecho no tiene explicación ni justificación. Después de lo ocurrido, podrías pensar un poco en los que estamos aquí preocupados y pendientes de lo que te pueda suceder. Te has portado como un cobarde y como un idiota. Cuéntaselo a tu chica; cuéntaselo a Juan a ver qué opinan ellos. Piénsalo y dime si merece la pena caer tan bajo. Cuando reflexiones, vienes y me dices si vas a seguir por ahí o le vas a plantar cara a la vida como un hombre.

—No tengo que pensar. Perdóneme, le prometo que nunca más volverá a ocurrir —le dije mirándole a los ojos y con tono resuelto, asumiendo el compromiso.

En ese momento sonó mi móvil. Era un aviso de mensaje; imaginé de qué se trataba, por eso pedí disculpas y leí: «Ten cuidado con lo que haces. Sigues vigilado». Mostré la pantalla a Andrés.

—Mire —le dije.

—¡No lo puedo creer! —contuvo la rabia—. Ya imagino que lo estás pasando muy mal con todo esto, pero tú has demostrado ser capaz de superar malos momentos. De estos también saldrás, así es que adelante y no hagas tonterías.

—Gracias —salí un poco más reconfortado.

21. El trofeo y el bautizo

Entre unas cosas y otras, hacía más de un mes que no acudía a los entrenamientos. Omar me dijo que todos preguntaban por mí, que me echaban de menos y que querían que fuese a la fiesta que estaban organizando como final de temporada. Habíamos quedado los terceros y ese era un puesto muy honroso. Me sentí satisfecho y no dudé en aceptar la invitación.

A la fiesta acudió el alcalde de Madrid, que felicitó a los organizadores por la labor que hacían con los jóvenes, y a nosotros, los jugadores, por nuestro interés por el deporte. Se repartieron premios y yo fui uno de los premiados. Tenía un nudo en la garganta cuando recogí el trofeo con el escudo de La Chimenea. Comimos, bebimos y sentí gran orgullo y agradecimiento por las felicitaciones y el reconocimiento que recibí, tanto de los directivos como de los compañeros. Al llegar a casa guardé el trofeo como un gran tesoro, junto al palito de Macumba y a la bolsita de los amuletos.

Ya más sereno, llamé a Juan para saber de su vida.

–Hola, Juan, soy Diko. Hace tiempo que no sé de vosotros. ¿Qué tal está Margarita? ¿Y el niño?

–Muy bien todos. ¡Qué alegría me da oírte! Y tú, ¿qué tal estás?

–Bien, con algún problema que otro. Me gustaría hablar contigo.

–De acuerdo, buscaremos el momento. No lo vas a creer, pero en este instante estaba pensando en llamarte. El sábado próximo bautizamos a Diego. Margarita y yo queremos que nos acompañes.

–Me encantará, gracias. ¿Dónde tengo que ir?

–Ven a casa. El bautizo es el sábado a las seis de la tarde; ven un poco antes. ¡Ah! Y trae a tu chica.

–Eso no puede ser.

–¿Por qué? ¿Os habéis enfadado?

–No; es algo muy largo de contar.

–De acuerdo. Te esperamos. Un abrazo.

–Un beso a Margarita y a Diego. Hasta pronto.

Nunca había asistido a la ceremonia de un bautizo católico. Me puse en primera fila para no perder detalle y recordé a Altagracia, que es muy religiosa. Para consolarme recordé lo que me dijo la última vez que hablamos: «Lo más importante es que nos seguimos queriendo. Esta mala racha pasará y nos dejarán ser felices». No le había contado la faena del pegamento; por teléfono no me atreví a hacerlo. Cuando habláramos cara a cara se lo diría todo. Seguro que me comprendería, como siempre. Ya me imaginaba la cara que pondría y casi las palabras que diría. El llanto de Diego me hizo volver a la realidad.

Miré al bebé, que protestaba porque no le gustaba demasiado que le echaran agua por la cabeza. Diego se tranquilizó y en brazos de la madrina, una hermana de Margarita, se durmió ajeno a todo lo que lo rodeaba.

Solo había sido invitada al bautizo la familia más directa. ¡Qué satisfacción me daba pensar que me consideraban tan próximo a ellos! Merendamos en un restaurante cercano a su domicilio. Hablé poco porque no conocía a nadie más que a los padres, que estaban pendientes de su hijo, dormido feliz en su carrito. Lo miré y pensé: «Este niño ha tenido amor desde que ha nacido». Seguí meditando: «¡Vaya olvido! Tendría que haber comprado un regalo para el niño; seguro que todos lo han hecho. Soy un desastre. Si Altagracia hubiese venido, no se le hubiera olvidado. La próxima vez que nos veamos, traeré alguna cosita». Terminada la merienda, los invitados se marcharon. Fui a despedirme de la pareja, pero Juan me dijo: «Ven a casa; allí hablaremos con tranquilidad».

Margarita, ocupada con el niño, nos dejó solos. Informé a mi amigo de lo ocurrido y en la situación tan desesperada en que me encontraba, por el peligro que corría y por no poder ver a Altagracia, que es lo que más quería en el mundo. Se quedó pensativo antes de responder:

–Podríamos intentar burlar la vigilancia a la que te tienen sometido.

–¿Qué se te ocurre? –pregunté impaciente.

–Seguro que te vigilan por la tarde y por la noche, que será cuando ellos calculen que os podéis encontrar Altagracia y tú.

–Sí, porque por las mañanas trabajan.

–De momento, lo que se me ocurre es que un día, temprano, vengas con tu chica. Si pudiese venir el padre Andrés también, mejor. Nos reuniremos aquí, porque esta casa no la tienen vigilada y a esa hora, menos. Entre todos, algo se nos ocurrirá para salir de este lío.

22. Por fin, una salida

Fuimos puntuales a la cita. Juan dejó una mañana su trabajo para tratar de resolver nuestro problema; lo mismo hizo Andrés. Ambos se comportaban como auténticos padres. Altagracia estaba muy nerviosa porque sabía que iba a ser observada con todo detalle; yo estaba radiante por saber que iba a verla. Pero todos estábamos serios, porque era importante lo que nos ocupaba. Altagracia y yo explicamos de nuevo la situación en la que nos encontrábamos y lo mucho que sufríamos por no vernos. Todos escuchaban con atención. Después hablaron entre ellos y luego con nosotros. Insistieron en que el peligro de que me mataran era real. En estas circunstancias no procedía acudir a la policía, porque Altagracia y yo carecíamos de papeles y, además, por una simple amenaza no podían actuar. Por otra parte, solo teníamos identificado a Raúl, su hermano, que, al parecer, era uno de los jefes. Si había castigo para él, los demás tomarían represalias por tratarse del líder.

Juan estaba dispuesto a que una vez al mes nos viésemos en su casa por la mañana. Andrés justificaría mi falta a clase y con respecto a Altagracia, era imprescindible la ayuda de la madre mientras fuera menor de edad; en eso no había problema, porque estaba del lado de su hija. Cumplíamos los dieciocho años (yo en noviembre y ella en diciembre) antes de terminar los estudios y debíamos esperar hasta tener los diplomas de jardinero y peluquera, respectivamente. Andrés se comprometía a buscarme un puesto de trabajo fuera de Madrid para alejarme de mis enemigos. Cuando tuviese el contrato del empresario, podría legalizar mi situación. Lo de ella era más complicado, porque él tenía pocos contactos en la rama de peluquería. La mejor forma de conseguir los papeles era casándonos. Para todo esto faltaba más de un año y teníamos que ser muy cautos y pacientes. Yo no debía salir solo ni volver muy tarde a casa, y ella debía hacer una vida normal, como antes de conocerme, saliendo con sus amigas, como si nuestra relación hubiese acabado. Finalmente, estuvimos de acuerdo. ¡Qué remedio!

Aunque la situación seguía siendo tensa y lamentable, era un poco más llevadera porque, al menos, Altagracia y yo nos veíamos una vez al mes. El verano se hizo muy largo; solo estuve fuera los quince días de campamento. Salif, mi amigo más íntimo, estaba enterado de todo y trataba de animarme. A veces lo conseguía, pero la mayoría de las veces, no. Juan y Margarita estuvieron un mes fuera, en la playa, por lo que los vi menos de lo que yo deseaba.

Al principio, cada vez que nos veíamos Altagracia y yo, pasábamos el tiempo lamentándonos: que si ella era des-

graciada por mi culpa, que todo era culpa de su hermano...
Luego venía el capítulo de los celos. La veía tan guapa y tan
simpática, que la imaginaba bailando en la discoteca y no podía resistirlo. Con tantas dudas y reproches, nosotros mismos
nos amargábamos la vida. Al tercer encuentro acordamos
que aquello tenía que terminar, que teníamos que confiar el
uno en el otro, pues debíamos aprovechar el poco tiempo de
que disponíamos y no malgastarlo en discusiones inútiles.
Altagracia me decía que su mamá dejaría de ser su cómplice
si nos marchábamos sin estar casados por la Iglesia católica;
ella también lo quería porque las dos eran muy religiosas.
Por mí, no había problema. ¡Fuera discusiones! Nos dedicamos a soñar, a imaginar una vida sin sobresaltos, amándo-
nos, luchando pero juntos. ¿Pedíamos mucho? Todo llegaría,
pero aún teníamos que esperar.

Y esperamos...

23. La boda

Aquel día de junio amaneció caluroso. Para la humanidad era un día corriente; para nosotros era decisivo. En la casa de Altagracia todo transcurría con normalidad: Raúl salió temprano hacia su trabajo como todas las mañanas, sin reparar en que la novia se acicalaba en el cuarto de baño y en que Palmira hacía otro tanto en su dormitorio. Una vez que comprobaron que el enemigo estaba lejos del domicilio, las dos salieron hacia la calle General Moscardó; en la basílica hispanoamericana de La Merced las esperaba yo como novio impaciente. Me acompañaban el padre Andrés, que oficiaría la ceremonia, y Juan como padrino. Como invitados: Margarita, José, el que me dio clase como voluntario, su mujer, Marina, y Luis, el director de Puerta Bonita, que tan bien se había portado conmigo. Un grupo muy reducido que se perdía en medio de un templo tan grande. A nosotros nos hubiera gustado llenarlo de gente, para que todo el mundo fuese testigo de nuestra felicidad, pero las circunstancias obligaban a la discreción. Los amigos no sabían nada, y bastante nos costó mantener el secreto. Los asesinos podrían presionarlos para intentar localizarnos, pero no se puede decir lo que no se sabe. Por eso, por su seguridad, lo decidimos así. José estaba en la puerta para avisarnos de la llegada de las dos mujeres. Al fin nos hizo señas y salí con Juan para volver a entrar como manda el ritual: Altagracia del brazo del padrino y yo, del brazo de Palmira, madrina y mi futura suegra.

La novia llevaba un traje de color marfil con volante bordeando la falda que le llegaba a media pierna, escote generoso y el pelo recogido con un pequeño adorno. A pesar de su sencillez, estaba deslumbrante. La madrina llevaba un vestido de color turquesa y un chal blanco sobre los hombros. Como siempre, parecían hermanas más que madre e hija. Yo, por primera vez en mi vida, vestía con chaqueta. Era beis. El pantalón, marrón y la camisa y la corbata, rosas; todo regalo de La Merced. Me sentía extraño, pero contento. Acompañados por una marcha nupcial que daba solemnidad al acto, caminamos lentamente hacia el altar por el centro de la iglesia como si fuésemos los reyes del universo. «¿Qué diría mi abuelo si me estuviera viendo?», pensé. Primero me bautizaron y, una vez hecho cristiano, comenzó la ceremonia de la boda. Andrés nos dirigió unas palabras entrañables animándonos a superar todos los obstáculos que se nos pudiesen presentar, siempre juntos y siempre con amor. Nos deseaba toda la felicidad del mundo. Cuando llegó el momento de preguntar si nos aceptábamos el uno al otro, los dos respondimos con un sí tan rotundo que resonó en toda la iglesia. Los testigos –José y Margarita– firmaron y el matrimonio quedó establecido. Tanta emoción nos impedía responder a las felicitaciones de los acompañantes. Cogidos de la mano, nos mirábamos como dos bobos enamorados. «¡Que se besen! ¡Que se besen!», coreaban. No tuvieron que insistir demasiado.

El director de Puerta Bonita habría estado encantado de preparar una buena comida en los jardines del centro. Hubiesen asistido los compañeros del curso y los de La Merced, pero eso era demasiado arriesgado. En su lugar, nos conformamos con un desayuno en casa de José. Marina, su mujer, lo preparó con todo el amor del mundo.

El caso es que, antes de que se celebrase la boda, hubo que superar varios obstáculos. Del papeleo y los trámites burocráticos se encargó Andrés. El mayor problema fue encontrarme un puesto de trabajo lejos de Madrid. Sin un contrato no tendría papeles y, por tanto, tampoco Altagracia los tendría. Creíamos que con nuestros flamantes diplomas de jardinero y peluquera todo estaría resuelto, pero los empleos que surgían estaban demasiado cerca de la capital. Recordé entonces a Javier y Rocío, mis amigos de Algeciras. Con la opinión favorable de todos, los llamé y les puse en antecedentes de lo que pasaba; Andrés también intervino para dar más énfasis a la petición de que nos encontraran un puesto de trabajo por aquella zona. Se mostraron tan amables y cariñosos como siempre. Una semana tardaron en responder: en Cádiz, la capital, había un puesto de jardinero en una urbanización de lujo y para Altagracia, otro de auxiliar de peluquería en el centro de la ciudad. Teníamos un mes para incorporarnos. Nos ofrecieron su casa sin condiciones. A partir de ahí, todo se aceleró. Sentíamos un poco de miedo por emprender una vida tan diferente a la que habíamos llevado hasta ahora; tendríamos que enfrentarnos a nuestros problemas sin tutelas, en un sitio desconocido. ¡Coincidencias del destino! Cerca, muy cerca del lugar donde, por primera vez, pisé tierra española.

Nos despedimos de todos en la misma casa de José. Nos hicieron los regalos en euros, que es lo que más necesitábamos, y mucho más generosos de lo que esperábamos. Junto con lo que habíamos ahorrado, teníamos suficiente para disfrutar de una pequeña luna de miel. El mismo día de la boda cogimos un tren en la estación de Atocha que nos llevaría hasta Cádiz, donde nos esperaban nuestros amigos. A última hora Juan tuvo un excelente detalle. Me dijo: «Toma. Un teléfono nuevo, con un número diferente para que esos canallas no os molesten con los mensajes». Palmira me pidió que hiciese feliz a su hija. Tenía pensado decirle a su hijo Raúl que la niña había encontrado trabajo en Mallorca. Al ser una isla, no le daría el arrebato de ir tan lejos a buscarla.

Durante una semana disfrutamos de nuestra luna de miel en un hotel de Cádiz muy cercano a la playa. Era todo como un sueño. Javier y Rocío nos orientaban, pero siempre dejando espacio para nuestra intimidad. Recorrimos y descubrimos la ciudad que, desde entonces, sería la nuestra. Antes de empezar en el trabajo, debíamos buscar un piso con un alquiler que pudiésemos pagar. Fue difícil; nuestros amigos nos avalaron, pero solo encontramos uno compartido. A petición mía, fuimos hasta el parque de los Alcornocales, en Tarifa, justo al sitio donde Rocío y Javier me recogieron. Si superaba esa prueba, sería que los fantasmas habían desaparecido de momento. Allí estaba el mar; allí estaban los árboles testigos de mi llegada. Todo estaba igual salvo yo, que era otra persona. Hice el mismo rito de entonces: cogí arena y la lancé al aire. Altagracia y yo nos miramos a los ojos y nos besamos. Comprendí que siempre llevaría *África en el corazón,* pero ahora no importaba, porque de verdad empezaba *mi vida en el paraíso.*

Agradecimientos

A todos los de la casa de acogida La Merced, especialmente a los jóvenes Abdellah Larousi y Mamadou Diawo, que se atrevieron a contar sus historias. A José Luis Gordo, director de Puerta Bonita, y a los profesores por su magnífica labor. A José Gómez, que voluntariamente entrega parte de su tiempo. A Jesús García y Ángel González de la Asociación La Chimenea. A Luis Pereira, conocedor del mundo del fútbol. A Paloma Pino, de la oficina de asilo. Sin su ayuda, no hubiese sido posible este libro.

Gracias a todos.

Índice

M.ª Carmen de la Bandera

Nacida en El Burgo (Málaga), es una buena conocedora del mundo infantil y juvenil por su labor como profesora durante muchos años. Ganadora de varios premios, De la Bandera consigue con sus creaciones que los jóvenes descubran el placer de la lectura y se «enganchen». En esta misma colección ha publicado las novelas: *Sentir los colores* y *África en el corazón,* –primera parte de la novela que tienes en tus manos– que cuenta la arriesgada aventura que emprende Diko, un joven africano fascinado por el paraíso europeo, para cruzar el Estrecho.

Bambú Grandes lectores

*Bergil, el caballero
perdido de Berlindon*
J. Carreras Guixé

Los hombres de Muchaca
Mariela Rodríguez

El laboratorio secreto
Lluís Prats y Enric Roig

Fuga de Proteo 100-D-22
Milagros Oya

Más allá de las tres dunas
Susana Fernández
Gabaldón

*Las catorce momias
de Bakrí*
Susana Fernández
Gabaldón

Semana Blanca
Natalia Freire

Fernando el Temerario
José Luis Velasco

Tom, piel de escarcha
Sally Prue

*El secreto del
doctor Givert*
Agustí Alcoberro

La tribu
Anne-Laure Bondoux

Otoño azul
José Ramón Ayllón

El enigma del Cid
Mª José Luis

Almogávar sin querer
Fernando Lalana,
Luis A. Puente

*Pequeñas historias
del Globo*
Àngel Burgas

*El misterio de la calle
de las Glicinas*
Núria Pradas

África en el corazón
M.ª Carmen de la Bandera

Sentir los colores
M.ª Carmen de la Bandera

Mande a su hijo a Marte
Fernando Lalana

*La pequeña coral de
la señorita Collignon*
Lluís Prats

*Luciérnagas en
el desierto*
Daniel SanMateo

Como un galgo
Roddy Doyle

Mi vida en el paraíso
M.ª Carmen de
la Bandera

Viajeros intrépidos
Montse Ganges e Imapla

Black Soul
Núria Pradas

Rebelión en Verne
Marisol Ortiz de Zárate

El pescador de esponjas
Susana Fernández

La fabuladora
Marisol Ortiz de Zárate

L.
Mónica Rodríguez